옥수동 불빛

옥수동 불빛

1쇄 발행일 | 2024년 09월 25일

지은이 | 백성
펴낸이 | 윤영수
펴낸곳 | 문학나무
편집 기획 | 03085 서울 종로구 동숭4나길 28-1 예일하우스 301호
이메일 | mhnmoo@hanmail.net

출판등록 | 제312-2011-000064호 1991. 1. 5.
영업 마케팅부 | 전화 | 02-302-1250, 팩스 | 02-302-1251
ⓒ 백성, 2024

값 15,000원
ISBN 979-11-5629-177-0 03810

옥수동 불빛

백성 스마트소설 제2집

문학나무

흘러가는 세월 속에서

　시간은 누구에게나 공평하다. 단지 느끼는 감정이 서로 다를 뿐.

　돈 많은 재벌 총수도, 동네의 작은 편의점 사장님도, 거리를 서성이는 노숙자들도 어린이나 늙은 노인들도 모두가 공평하게 세월의 마디를 하나씩 지우고 산다.

　삶이 지겨운 사람은 시간이 좀 빨리 갔으면 싶고 삶이 아름다운 사람은 가는 세월이 아쉽고 슬퍼 조금이라도 천천히 갔으면 싶을 것이다.

　참 멀리도 왔다. 언제부터 걸었는지 도무지 그 출발선이 까마득이 멀다.

　사람 노릇 위해 배우던 시절 빼고 밥 벌어먹기 위해 살아왔던 시절 제하고 그나마 제 생각대로 세상을 관조하며 하고 싶은 말을 자유롭게 했던 사간은 고작 10여 년에 불과할 것이다.

　이런 10년의 편린들을 모아 또 하나 보잘 것 없는 마디를 만들어 본다.

　살다보면 걱정이 많다. 세상 걱정, 나라 걱정, 가족 걱정 또한 자신 걱정까지.

　즐거움보다 걱정이 많은 세월을 살았던지 지금도 쓸데없는 걱정거리가 많다.

　아쉽다면 많이 아쉬운 부분이다. 자제하지 못함도 제 탓, 세월 탓일 것이다.

　이제 남은 시간의 끝이 보일 때가 됐다.

　남은 시간에 대한 계획이 있어야겠으나 아직도 게으르고 불민하여 흐르는 세월의 강물에서 대책없이 허우적거리고 있다.

　시간은 자꾸 흘러가는데 언제나 깨어나 나 이런 생각으로 이렇게 살았다고 소리 한번 쳐보려나. 그런 날이 있기는 할는지.

「황순원문학상」은 마디를 위한 좋은 자양분이 됐다.
   가르침을 주신 황충상 선생님과 좋은 해설로 어깨를 두드려주신 김종회 교수님께 진심으로 감사드린다.

2024년 초가을
백성

차례

제1부

인간시대의 자화상

성복동 갈매기

어디 사느냐고 물어 성복동 산다고 대답하면 으레 뒤따라 오는 것이 "아유 좋은 데 사시네. 그런데 거기 아직도 비둘기 많아요?" 하고 묻는다.

악의는 없다. 필시 성북동과 성복동의 착각에서 오는 물음일 것이다.

성북동, 강북의 최고 부자 동네 아닌가. 병풍처럼 둘러쳐진 아름다운 북한산 자락. 수석 같은 돌을 깎아내고 그 돌로 아방궁 같은 궁전을 지어 서울에서 제일 가는 부자동네를 만들었다는 곳이다. 누구 누구하면 다 알 만한 돈 많은 사람들이 사는 부촌이다.

6, 70년대 개발 난리통에 그곳에 오래 터 잡고 살던 비둘기들은 시도 때도 없이 터지는 폭음과 분진 속에서 견디다 못해 새끼들과 보따리를 싸 이사도 가고 정히 미련이 남아 떠나지 못한 것들은 숨을 헐떡이며 채석장 돌뿌리에 부리를 갈면서 몇 년을 더 견뎌 보았으나 결국 모두 죽어 사라져 버렸다.

산업사회로 넘어 가던 한 시대. 대표 희생물이 「성북동 비둘기*」다. 워낙 유명해서 그랬는지 그 물음을 해올 때마다 참 난감해진다. 그래서 농담 삼아 준비한 진담이 하나 있다.

"네, 요즘은 비둘기는 없고 갈매기가 많아요. 선글라스가 잘 어울리는 멋진 갈매기들이."라고 답한다. 그는 한동안 어색한 표정을 하고 내 얼굴을 한참이나 바라보지만 아직도 그는 무엇이 잘못됐는지 이해하지 못한다.

일부러 긴 설명을 하지 않는다. 성북동이 아니고 성복동이라고 모음 'ㅗ'에 액센트를 주어 해 보았자 모르긴 마찬가지다. 그렇다고 경부고속도로 남행선 분당 맞은 편이 수지구고 수지에서 광교산 자락 제일 깊은 곳이 성복동인데 조선 대쪽 선비 정암 조광조 선생이 모셔진 유서 깊은 곳이라고 해봐야 어디 짐작이나 가겠는가.

"거기 강이 있어요? 바다하고는 멀 것 같은데…."

"그럼요. 바다하고는 상관없는 곳이구요. 물이라고는 얕은 실개천 성복천이 흐르지요."

"그런데 무슨 갈매기가…더욱이 선글라스 쓴 갈매기라면?"

"아, 강이나 바다를 추억하며 살지요. 그러니 자연 늙은 갈매기들이 많아요. 비록 얕고 보잘 것 없는 실개천이지만 물이 어떻게 맑은지. 그 물에 몸도 씻고 불어오는 산바람에 지친 날개를 접으면 바로 푸른 소나무 숲. 아시지 요즘 뜨는 숲세권! 주위 환경이 늙은 갈매기에게 아주 그만이에요."

"갈매기도 늙어요? 늙은 갈매기를 한 번도 본 적이 없어서…."

"갈매기는 금방 늙어요? 채 십여 년도 못 살지요. 그러니 팔구 년쯤 되면 성복동, 여기로 모여들지요."

"처음 듣는 얘기네요. 늙은 갈매기만 모여 살면 참 잔소리도 많고 병원은 또 얼마나 많겠어요. 안 그래요?"

"맞아요. 그래서 젊은 갈매기들은 별로 좋아하지 않지요. 늙은 갈매기 잔소리도 듣기 싫고 또 그들과 먹는 것, 입는 것, 좋아하는 것도 모두 다르니까요."

"…."

사실 과거 성북동에서 쫓겨난 비둘기들은 목숨을 걸고 새끼들을 가르쳤다. 다시는 그들과 같은 고생을 겪지 않기 위해서였다. 저들은 굶으면서 소도 팔고 집도 팔아 새끼를 가르치는 개발시대 비둘기가 참 많았다.

밤낮 없이 날기를 가르쳤고 모이를 쪼는 법을 전수했다. 마침내 그 새끼 비둘기들은 애비의 텃새성 DNA를 버리고 백사의 사막에서, 이국의 탄광에서, 포탄이 터지는 전쟁터에서 온몸을 던져 재앙과 배고픔을 해결해 나갔다. 그 후 교육이 잘 된 새끼들은 넓은 바다에서 세계를 종횡으로 누비며 누가 봐도 선글라스가 잘 어울리는 국제 상사맨 갈매기로 변신했다.

그들은 애비와 달리 망망대해에서 멋진 활강으로 모이를 쫓았고 이국에서 새끼들을 키우며 누구도 따라오지 못할 세계 최고의 기술을 가르쳐 내보냈다.

그러나 가는 세월을 누가 막을 수 있나. 이젠 날개에 힘도 빠지고 부리도 헐거워져 조용히 쉴 곳을 찾아 헤매다가 마침내 밤하늘 별이 총총하고 숲이 아름다운 성복동 여기까지 흘러 들어왔을 것이다.

"보세요. 한때는 정말 잘 나가던 갈매기였지요. 백색의

깃털이 눈처럼 빛나고 푸른 물 위를 나는 비행은 누구도 따를 자가 없었지요. 그러나 이젠 틀렸어요. 날개는 퍼득 퍼득 힘은 하나도 없고 퇴색된 저 깃털은 누르스름 변해 볼품이 하나도 없잖아요. 그래서 선글라스를 놓지 못해요. 잠시는 가릴 수 있으니까. 사실 저들는 아무 것도 모르고 큰 소리치고 나대지만 술 취한 그때만 지나면 다시 슬퍼지 고 외로워지고…그러지요."

"안 됐네요. 난 그것도 모르고. 그런데 이제 개발은 다 끝났겠지요?"

"글쎄요. 여기는 채석장도 없고 더 이상 베어낼 나무도 안 보이는데. 그러나 누가 알아요. 이 아까운 것을 그냥 놓 아 둘지. 아직은 나무도 공기도 푸르고 맑으니까. 한번 놀 러와 보실래요. 해가 지면 더 좋아요."

"그래요. 조명이 좋은가 보지요"

"아녜요. 별빛이 좋아요. 밤마다 성복천에는 복이 많은 별(星福)들이 쏟아져 내리고 흐르는 물 속에서 소곤소곤 속 삭임이 들려오지요. 이따금 그리운 파도 소리도 함께 들을 수 있고요. 달이 뜨면 가까운 소나무 숲에서 몰래 내려온 백로 한쌍이 살금살금 연애짓도 하고요. 또 하늘에 닿을 만큼 키 큰 접시꽃이 은근한 미소로 달을 유혹하기도 하고 그래요."

"좋으시겠어요. 그러나 상상이 안 되네요."

"네, 그런데 점점 분위기가 이상해지고 있어요. 좋다는 소식 듣고 벌써 장사꾼들이 들이닥쳤으니까요. 거대한 빌딩들이 마구 솟아올라 하늘을 가리고 백화점이다 슈퍼 마켓이다 줄줄이 들어선다니. 어떡하지요. 이 불쌍한 갈매기들은 옛 애비들처럼 또 보따리를 싸야 하는 것인지. 이젠 너무 늙어 힘도 빠지고 정신마저 혼미한데… 요즘 잠이 잘 안 오네요. 그 질기고 질긴 개발의 어두운 그림자를 떠올리면."

*김광섭의 제4시집 표제시(1968). 비정한 현대문명에 파괴되는 자연에 대한 향수를 그림. '새벽부터 돌 깨는 산울림에 떨다가/ 가슴에 금이 갔다' 는 절창으로 유명.

종점에서

자주 오던 곳인데도 오늘따라 몹시 낯설다.

온통 흰벽으로 그림 하나 걸려있지 않은 긴 복도를 걸으며 잠깐의 상념에 젖는다.

물론이다. 짙은 의심이 들고 왜 하필 이런 시간, 외래도 아닌 이곳 암 병동으로 오라 했는지 짐작도 해봤지만 환자는 그저 의사 말을 순순이 따라야 하는 영원한 '을'이었다.

2주 전 대장 내시경 검사를 했다. 뭐 새로울 것도 없다. 대장암 2기 판정을 받고 수술을 했었고 간단한 항암치료를 받으며 6개월에 한 번씩 정기 검사를 해오던 터였으니, 다시 한 번 내시경 검사를 해 보자는 의사 말에 별 생각없이 응했다.

다행히 그동안은 타 장기에 전이도 없었고 잘 관리되고 있는 듯했으니 안심해온 것이다.

그런데 2주 전 검사부터 분위기가 매우 달라져 보였다. 주치의 육 박사는 예의 빙글거리는 얼굴로 아무런 내색은 안 했으나 한번 더 조직검사를 해보자며 대장 일부를 절제해 갔다. 그 후 며칠은 애써 잊고 지냈다. 원래 성격이 모질지도 못하고 매사 낙천적으로 사는 사람이다 보니 '루루랄라' 하며 보냈고, 오늘 그 결과를 보러 오라는 문자가 왔다.

"무슨 금요일 오후 4시라니. 뭐 이런 시간에 꼭 보아야 하나. 좋은 시간 다 놔두고…"

투덜거리는 나를 아내가 달랜다.

"잘 알잖아요. 바쁜 시간에 외래에 가 봐요. 어디 의사랑 말이나 걸겠어요? 병원이 아니라 완전 도떼기 시장이지. 이런 시간이 오히려 좋아요. 오래 다녔으니 그래도 배려해 준 거지. 무슨 일이야 있겠어요? 천천히 이것저것 자세히 물어보고 오세요."

아내는 나를 위로했고 또 절친의 사위가 의사로 있는 이 병원을 매우 신뢰하고 있었다.

나는 창문으로 스며드는 서향 빛을 받으며 복도 맨 끝 'Dr K' 라고 씌여진 방을 노크했다.

문을 열고 들어섰을 때 실내는 커튼으로 빛이 차단돼 있어 어두웠다. 의사는 창을 등지고 앉아 얼굴 전체에 내린 음영으로 윤곽이 확실치 않아 보였다.

"앉으시지요."

의사는 맞은편 의자를 권했다. 목례라도 해야 하나 어쩌나 엉거주춤 서 있다가 가리키는 의자에 앉았다. 그런데 도무지 의사가 다음 말이 없다. 그리고 옆에 놓여 있는 모니터만 목을 빼고 쳐다보고 있다. 어쩌자는 것인가? 나는 좀이 쑤셔 더 이상 기다릴 수가 없었다. 뜬금 없는 말을 뱉어냈다.

"세월이 어찌 빠른지 벌써 낙엽이 지고 있어요. 10월이 훌쩍 가고 이런 나이에 11월을 맞으면 어딘가 허전한 생각이 많이 듭니다. 낙엽 지면 바로 겨울이 오겠지요. 눈도 곧 내릴 것이고…"

"…"

그래도 의사가 모니터에서 눈을 떼지 않는다. 뭐야 모니터에 무엇을 붙여 놨기에 눈깔이 떨어지지 않는 거야. 화가 치밀어 올라왔지만 꾹 참았다. 이윽고 의사가 고개를 들었다.

"뭐라 하셨습니까? 낙엽이 지고 있다고요? 그렇지요. 자연의 섭리지요. 나무도 늙어서 더 이상 동화작용을 못 하면 잎은 떨어지게 돼있습니다. 물론 일찍 지는 것들은 더 많지요. 생명은 과학입니다."

의사가 자연섭리와 과학의 당위를 말했다.

"그래 결과는?"

내가 더 참지 못하고 물었다. 의사는 얼굴을 조금 찡그렸으나 곧 평범한 얼굴로 돌아왔다.

"뭐 별로 특이사항이 없습니다. 예상했던 대로입니다. 다만 그동안 안 해봤던 치료 방법을 한번 해보고 싶어서…."

특이사항 무라니 우선 안심이 된다. 그런 마음 때문인지 실내가 조금 밝아진 듯했다.

"그런데…."

의사가 말했다.

"그런데?"

내가 따라했다. 의사의 얼굴이 다시 어두어졌다. 그가 고개를 숙여 바닥을 내려보고 말했다.

"혹시 내일이라도 괜찮으시면 사모님이 한번 나와 보셨

으면 하고요. 상의드릴 일이 있어서."

의사가 너무 정중히 조심스럽게 얘기해서 거절도 동의도 할 수가 없었다. 그리고 의사는 어려운 임무수행에서 벗어난 듯 그제야 홀가분한 얼굴이 되었다.

"왜?"

"뭐. 특별한 것은 아니구요. 보호자도 되시고 또 우리 과장님 하고도 관계가 있으시니 자세한 얘기는 본인보다는 사모님이 더 나을 것 같아서요."

그러마 하고 병원을 나섰다. 특별한 것은 없다면서 마누라를 찾는 것이 어딘가 의심스럽기도 하고 마음이 편치 않았으나 요즘 몸 컨디션을 보면 그렇게 나쁜 것도 아니어서 까짓 긍정적으로 보기로 했다.

근처 카페에서 아메리카노 한 잔을 시켜 마시며 아내에게 전화를 했다. 신호가 가고 한참만에야 통화가 됐다.

"뭘 꾸물거려. 빨리 전화 받지 않고. 괜찮대. 별일 없다니까 걱정마. 그리고 당신 한번 들리라는데. 그 놈의 병원은 왜 환자보다 당신을 찾는 거야. 무슨 연고가 있다는 게 오히려 거북할 때가 많아. 내일이라도 한번 가 봐."

"…알았어요. 다행이에요. 그렇다고 함부로 몸을 놀리지 말아요. 언젤지는 모르지만 아낄 때까지는 아껴야 하니까."

"목소리가 왜 그래?"

오늘따라 목이 부었는지 가래 때문인지 말소리가 어제 같지 않다. 소리가 갈라져 물기에 젖은 듯 가늘고 흐릿하게 들렸다.

친구 하고 저녁이나 먹고 갈까. 가까운 데 있는 '윤'이 생각났다. 자주 위로해야 하는데… 상처(喪妻)한 자리를 메우지 못하고 늘 외로움에 젖어 있는 그 친구가 생각나 바삐 걸었다. 포도에 떨어져 구르는 낙엽이 불어오는 바람에 한쪽으로 몰리며 소리 내 울고 있었다.

얼마나 잤는가. 흔드는 기척에 눈을 떴다.

"손님, 다 왔습니다. 여기 종점입니다."

아아. 나는 그제야 겸연쩍게 웃으며 일어섰다. 어느새 내릴 곳을 모른 채 잠에 떨어졌다니.

술 때문인가? 나는 지하철 승무원에게 정중히 사과했다.

"아! 종점까지 올 생각이 아니었습니다. 좀 더 일찍 내려야 했는데. 괜한 폐를 끼쳤습니다. 미안합니다. 정말 미안합니다."

잊지 말자. 내릴 때가 언제인가를 분명히 알고 가는 이의 뒷모습은 얼마나 아름다운가를.

　역내는 불이 꺼져 있었다. 잠시 불빛이 그리웠으나, 어둠 속 조심 조심 내딛는 발길이 뻘밭에 빠진 듯 질퍽거렸다.

옥수동 불빛

"이봐 식어. 빨리 드셔. 뭘 그렇게 보고 있나?"

이제 막 냉장고에서 꺼낸 김치 그릇을 들고 창밖을 내다보고 있는 여인에게 그가 다가섰다.

"참 이상해요, 여기서 이 컵라면을 먹고 있으면 마음이 포근해져요."

"…뭐가 그리 좋겠나. 여긴 가난한 사람들이 모여 사는 아주 누추한 달동네인걸."

"이름이 이뻐요. 옥수라…. 옥 같은 물이란 소리잖아요. 구정물이 섞이지 않은 희고 맑은 물."

노인은 빙그레 웃고는 이곳은 이름과 다르다고 했다. 아마 서울에서 신림동과 옥수동이 아직도 남아있는 마지막 달동네일 거라 말했다.

"아직 젊은데 이런 컵라면이나 먹으면 어떡해. 여기서 조금 걸어 올라가면 괜찮은 설렁탕 집이 있어. 가끔은 그 곳도 가보셔. 몸도 생각해야지."

노인은 그녀를 잘 안다. 그녀는 언제나 새벽녘 첫 손님으로 찾아 왔다. 머리는 산발인 채 눈덩이는 퉁퉁 부어있는 모습으로 비틀거리며 어떤 때는 채 문을 열지도 않은 시간에 찾아와 문 밖에서 오래 서성거리기도 했다.

"몸 팔아 밥 먹는 년이 무슨 고깃국물이겠어요. 이 컵라면도 호사지."

"이건 내가 먹으려 갖다 놓은 것인데, 라면하고 같이 먹어 봐. 몸이 확 풀릴 거야. 김치가 좀 시었어."

노인은 여태껏 깨지 않고 있는 그녀의 술 냄새를 맡으며 그릇을 간이 탁자 위에 올려놓는다.

"고마워요. 저는 여기만 쳐다보고 살지요. 어쩌다 비가 심하게 오는 날이나 강에 안개가 자욱해서 잠시라도 옥수가 보이지 않으면 금방 눈물이 그렁그렁 해지고 도무지 일이 손에 잡히지 않아요."

"여기가 좋다고? 한때는 그랬었지. 그런데 이젠 다 변했어. 여기저기 아파트가 들어서고 여기도 저 뒷구정처럼 되어가고 있지."

"호호! 저는 저 구정물 통에 빠져 살아요. 매일 짐승들에게 희롱당하고 살점을 뜯기며 살지요, 온갖 설움을 당하다가도. 어르신 아세요? 여기서 반짝이는 작은 등불 말에요. 그것들이 보이면 '아! 저 강만 건너면 살겠구나' 하고 다시 이를 악물지요."

한강에는 32개의 다리가 있다. 그리고 그 다리 중 철도와 함께 사용하는 다리는 4개가 있다.

그중 하나가 여기 옥수와 압구정을 연결하는 동호대교다. 한강의 강폭은 세계적이다. 세느니 테임즈니 이런 강들은 강폭이 겨우 2~3백 미터 수준이다. 그러나 한강은 평균 1.5킬로미터가 된다. 거기서도 이곳 옥수와 압구정은 채 8백 미터가 되지 않는 한강 다리 중 최단거리에 있다. 반면 수심은 가장 깊다.

손 뻗으면 닿을 만큼 가깝고 쳐다보면 아스라이 멀고 깊다. 아마 천국과 지옥의 거리가 이럴 것이다.

어둠이 점점 걷히고 있다. 불빛이 많이 흐릿해졌다.

"혼자 일 하세요? 힘 드시겠어. 누구라도 좀 도와주면 좋으련만. 나이도 있고…"

"많이 힘들어. 그래 이 작은 편의점에 누가 와서 일하겠어. 알바도 안 와. 그냥 혼자 하는 거지. 신상도 편하고…"

"저는 좋아요. 새벽 일찍 문을 여는 게. 늙으면 아침잠이 없어진다면서요. 그래도 건강은 잘 챙기세요. 오래오래 하실 수 있게."

"흐흐! 이봐 난 말이야, 젊어서는 강 건너서 살았어. 저 구정물 통이라는 데 말이야. 그런데 그곳이 이렇게 변할 줄 누가 알았겠나. 여기 옥수서 그곳을 보고 있으면 좋아. 옛 생각도 나고."

"구정물 통이 뭐가 좋아요. 온갖 나쁜 것들은 다 모아다 놓았는데. 완전 쓰레기장이지. 나라 팔아먹는 사기꾼, 돈을 주체 못해 안달이 난 돼지들, 갈보짓 하는 귀부인 등 구린내 펄펄 나는 그곳이…"

이때 문이 스르르 열리고 남루한 점퍼에 운동모자를 푹 눌러 쓴 쉰 살은 되어 보이는 장년 하나가 들어섰다.

"소주 두 병만 줘요"

험한 인상도 뱉어내는 말투도 주위를 완전 무시하는 거친 태도였다.

"또 빈속에 소주를… 그리고 편의점은 소주가 없는 거 알잖아. 이거나 가져가."

그리고 깡통 맥주 2개를 내어준다. 그는 머리를 처박고 라면을 먹고 있는 여인을 힐끗 한번 쳐다보고는 한 손을 들어 흔들고 나가버렸다.

"계산 안 하잖아요. 저 사람 아는 사람이에요?"

"응. 오늘 또 일을 못 만났군. 일이 없는 날은 술타령으로 하루를 보내니, 어디 몸이 남아 나겠어. 천성은 괜찮은 애였는데. 제 애비하고 같이 강 건너에서 살았었지."

그는 잠시 고개를 들어 옛날이 생각 나는 듯 눈을 지긋이 감았다 떴다.

"옥수가 좋다고 하셨나? 허허. 나는 옥수 언덕에서 바라보는 저 구정동이 좋은데. 쓰레기장이라 했나. 그 냄새 나는 곳이 아직도 나를 붙들고 안 놓아줘."

생각해 볼 것도 없다. 그 시대는 다 그랬으니까. 무슨 건설이다 개발이다 하면서 얼마나 부대꼈나. 살아도 사는 게 아니었지. 그래도 그는 구정동을 벗어 날 수가 없었다. 대대로 내려오며 눈부시게 하얀 배꽃이 피던 거기를 어떻게 떨쳐 낼 수 있었겠나.

"거기 땅도 있었으면 부자셨겠네요. 얼마나 많이 변했어요. 오죽하면 금으로 처바른 금 도금 아파트라고 할까."

노인은 피식 웃었다. 강제로 빼앗긴 피 같은 땅이며 뿌리째 뽑히던 자식 같은 배나무 하며 그러나 이젠 그저 웃는다. 그렇지 보상금도 제법 됐지. 그런데 그게 다 어디 갔나. 유유히 흐르는 저 한강 밑 어딘가에 모두 가라앉아 흘러 가버렸나.

노인은 커피 믹스를 익숙하게 털어 넣고 더운물을 부었다. 종이컵 하나를 여인 앞에 놓고 자기도 하나를 집어 들었다.

"친구와 같이 여기서 구멍가게를 했어. 다른 것은 할 줄도 몰랐지. 평생 농사만 지었으니까. 아까 그 애 아버지가 내 친구지. 봄이면 배꽃이 하얗게 피는 압구정이 생각나고 가을이면 노랗게 익어가던 배에 봉지를 씌우던 그때를 잊을 수 없었지. 그러니 멀리 갈 수가 없었어. 버티고 버텨서 여기까지 왔는데 친구는 먼저 갔어. 불쌍하지. 고생만 하다가 죽었으니."

그는 커피를 단숨에 털어 넣었다. 바로 긴 한숨이 새어 나왔다. 잠시 시선이 먼 데를 향했다.

— 배꽃 피겠네. 배꽃 피겠네..

어느 날인가 뜻도 모를 말을 지껄이는 제 애비를 당장 꽁 꽁 묶어 노인병원에 처넣은 놈이 저놈 이었다 원망도 많이 했지만 세상 저 혼자 살기도 힘드니까. 어쩌겠는가.

"돌아가기 일주일 전인가. 노인병원으로 면회를 갔었지. 친구는 눈물을 흘리며 부탁을 하더군. 그리고 끝냈어. 지금도 귓가에 남아 있는 그의 목소리가 생각나면 눈물이 나곤 하지."

— 이봐 친구 꽃을 따주게. 너무 촘촘하면 다 죽어. 튼튼한 놈만 남기고 흐물흐물하는 놈은 모두 따줘. 그래야 바람도 잘 통하고 배도 실하게 열리는 거지. 알겠나 친구.

"죽을 때까지 압구정 배밭만 생각하다 죽었어. 나도 그러겠지. 아이고 어쩌다 내 말이 너무 길어졌네 그려."

노인은 몹시 미안해했다.

이제 밖은 제법 환해지고 있었다. 노인은 등을 돌려 전등을 껐다. 순간 그녀가 소리쳤다.

"어르신, 불을 *끄지* 마세요. 제발. 옥수동엔 불이 켜져 있어야 해요."

한참 후 노인이 다시 돌아서 스위치를 올렸다. 더 밝아졌다.

사랑의 성자 컵라면*

어둡고 긴 팬데믹 터널을 지나고 쓰나미처럼 몰려오는 전쟁의 후유증으로 온 세계가 경제 공황을 겪고 있는 오늘, 세계 노숙자 협회(WHA)는 2023년 올해의 최고 구휼 식품으로 컵라면을 선정하고 영국 왕실의 기사작위와 같은 '세인트' 칭호를 수여하면서 다음과 같이 그 선정 이유를 밝혔다.

─ 컵라면님은 주린 자들과 함께 집에만 있는 것이 아니고 노숙하는 자나 길 잃은 자, 핍박 받는 약자를 위하여 과감히 냄비에서 뛰쳐나와 스스로 거리로 나선 매우 용기 있

는 분입니다.

이 분께서는 비록 냄비에서 벗어나셨지만 지금도 몸소 자기희생의 삼위일체를 실천하시는 큰 사랑과 자비가 있어 충분히 성자라 부를 수 있을 만큼 거룩하신 분이라 믿습니다.

컵라면이 사랑의 성자 반열에 들던 날, 체육관에 모여 결과를 초조히 기다리던 200여 개의 컵라면들은 감격의 눈물을 흘리며 그동안의 고생이 헛되지 않았음을 확인하고 대견해 했다. 그리고 대표격인 왕사발면을 통하여 진심에서 우러나오는 말로 겸손하게 소감을 전했다.

어떻게 우리가 그 수많은 가난한 자를 제 몸같이 돌보던 성 프란치스코 성자나, 중생의 해탈을 위해 영화를 버린 붓다처럼 성자가 될 수 있겠습니까. 가당키나 한 일이겠습니까.

우리는 그저 낮은 곳에서 묵묵히 제 본분을 다했을 뿐입니다. 너무 보잘것없는 우리를 과분하게 보아 주시는 것은 아닌지 참으로 당황스럽고 부끄럽기만 합니다.

그러나 우리는 선조들이 그러했듯이 가난한 자, 외로운

홀아비, 기러기 아빠, 길에 나앉은 노숙자, 모래바람 날리는 사막의 노동자, 고국 떠난 여행자와 교포 심지어 바쁜 월급쟁이의 일용할 양식을 위해 뜨거운 물속으로 목숨 걸고 뛰어들었고 그들의 입맛을 위해 기꺼이 내 한 몸 가루가 되기도 했습니다.

아시다시피 용기 그 자체가 포장이자 조리기구이고, 식기인 가진 것을 다 내어놓는 희생의 삼위일체적 삶을 마다 않고 살아온 지 어언 반백년이 지났습니다.

앞으로도 모든 이들에게 힘들고 어려운 역경 속에서 굳건히 살아 남을 수 있도록 그 '빠른 속도와 뜨거운 힘'을 아낌없이 베풀 것입니다.

최후의 국물 한 방울까지도 모두의 가슴에 영원히 기억될 명품이 될 것을 약속 드립니다. 그리고 성자라는 칭호보다 오히려 먼 길 떠나는 여행자의 배낭 속에서, 집의 조용한 선반 위에서, 공부하는 도서관, 한라산 정상에서, 땀이 밴 작업장 연장통에서, 원양어선 갑판에서 언제라도 필요할 때 도움을 줄 수 있는 가장 유용한 친구가 되기를 소망합니다.

시대에 따라 변하지 않으면 죽는다는 것을 알고 우리는

변화에 목숨을 걸었습니다.

반세기의 긴 세월을 우린 제 몸 단련에 최선을 다해 왔습니다. 초기 넘쳐났던 기름과 소금을 줄이고 맵고 담백함으로 일생 목표를 변경했습니다. 그리고 이젠 맛과 영양을 넘어 최상의 다이어트 식품에까지 이르렀습니다.

우리는 잘 압니다. 최대의 간편과 최소의 비용으로 가장 어려운 이들의 영양과 건강 지킴이 우리의 사명이란 것을. 더하여 우린 온 몸의 아픔을 인내하고 스스로 우리의 피부를 비벼내 세계인의 색다른 입맛에 도전해 보려합니다.

신세대를 위해 내놓은 우리의 새 친구와 친척들도 꼭 한번 만나 주십시오.

삼가, 우리는 성자 칭호를 정중히 사양합니다.

그러나 우리가 길 위에서 소외되고 가난한 자를 위해 목숨 바쳐 헌신했음을 잊지 말아 주십시오.

― 빈자의 영원한 벗 컵라면 일동

컵라면의 진심어린 소감에 박수갈채가 터졌다. 인간 몸을 위한 먹거리의 변천은 생명의 신화를 사유하게 된다. 컵라면은 오늘도 사람 몸에 가서 생명을 불어넣는 희생의 불꽃이 되어 타오르고 있다.

프란치스코 성자가 사람 몸에 가고자 대기 중인 컵라면에게 조용히 물었다.

"그대는 사람을 위해 언제까지 희생할 셈인가요?"

성자 반열의 컵라면이 부끄러운 듯 대답했다.

"AI 로봇이 먹기까지는 계속 희생의 생명음식이 되어야겠지요."

붓다가 빙그레 미소 지으며 그 뜻을 더욱 높였다.

"AI 로봇 사람, 그 다음 AI 로봇 부처가 먹기까지 영원한 성자가 되시지요."

*제5회 황순원스마트소설 공모전 금상 수상작품.

아방궁 옆 아자방

"연밥 어때?"

"무어 연밥, 누굴 노루 새끼로 아나? 나는 초식동물이 아니야. 나도 사나운 맹수가 되고 싶을 때가 있어."

"그래, 그럼 고기 먹자."

"좋지. 듣던 중 반가운 소리다. 벌써 여러날 굶었는데…."

"실컷 먹게 해주지. 무한리필 서비스 어때? 맹수가 되려면 그 정도는 먹어야지."

"아이고! 이럴 줄 알았으면 사전 준비를 좀 해둘걸. 며칠 배도 비워놓고 해구신도 좀 구해 그녀의 눈흘김이 내 허벅지를 비틀었다. 아프지 않았다. 이것이 그저 그녀가 할 수 있는 최고의 교태임을 나는 안다.

학교 선생을 걷어 치우고 소설을 써 보겠다고 이곳 양수리로 내려온 지 벌써 삼 년이 갔다.

그녀는 나의 대박날 소설을 기다리는 사람 중 가장 절실한 한 사람이었다.

그녀는 어쩌다 소설 대신 면벽 참선으로 시간을 보내고 있는 한심한 나를 보고 있으면 초조할 듯도 했지만 겉으론 태연하였다. 걱정 말라고 자유스러운 지금이 얼마나 좋냐고 두 팔을 크게 벌리고 웃으며 말할 때마다 짐짓 믿는 척 해주었지만 사실 나는 믿지 않았다.

"야! 화끈한 위문공연에 벌써 기분이 좋아지네, 오늘은 뭐 좀 써지겠는걸. 글 쓰려면 아무 잡념없는 무욕의 경지가 되어야 하는데 그렇지 무한리필! 그것 좋지. 어디 욕계의 끝까지 한번 가보자 무엇이 있는지."

욕망 덩어리는 늘 망상을 만들었다. 먹고 싶은 것도 그중 하나였으나 시도 때도 없이 달려드는 외로움과 정념은 정말 참기가 어려웠다. 그 곰팡이같이 피어오르는 그리움과 욕정 사이에 늘 그녀가 있었다. 그게 사랑이라고 생각하다가 나를 돌아보면 그 초라함에 절망하곤 했다. 그런 밤은 새벽까지 강물의 흐느낌 소리를 들어야 했다.

"내가 보아둔 집이 있어 '아방궁'이라고 중국집이 아냐. 고기집이야 캠핑 고기집. 무슨 고기든 무한리필이야. 값도 싸고 분위기가 끝내줘. 한번 가볼래?"

그녀를 따라 걸으며 내가 옛날 얘기를 했다. 내 고기이야기에는 짙은 슬픔이 배어있었다.

"어느날 고기집 불판갈이 알바를 끝내고 저녁도 굶은 채, 귀가 버스에서 잠이 들었어. 깨보니 주위에 아무도 없고 기사 아저씨도 없는데 어디선가 고기 타는 냄새가 나는 거야. 침샘이 폭발했지. 내 몸에서 나는 냄새였어. 주린 배를 부여안고 하염없이 걸었던 그 밤. 그 어둔 골목길에서 따라붙던 고기냄새에 게걸들린 동네 개들의 붉은 눈빛과 질질 흘리던 그 침! 그때의 절망과 두려움 그걸 어떻게 잊을 수 있겠니."

'아방궁' 실내는 온통 살 타는 냄새와 연기로 가득했다. 홀 중앙에 목욕탕만한 불판이 있었는데 참나무 숯이 벌겋게 타고 있었다. 그물 같은 석쇠가 불판을 덮고 석쇠 위에 던져져 이리저리 딩굴며 타고 있는 살덩이. 천장 쇠꼬챙이에 매달린 통돼지가 기름을 뻘뻘 흘리며 구어지고 있었다.

지옥이었다. 술은 큰 대야에 담겨져 이곳저곳 놓여 있었는데 고기는 생각날 때마다 스윽 잘라다 먹으면 됐고 술은 무한정 퍼다 마시면 됐다. 먹다 죽어도 좋다고 했다.

우리도 바로 아귀가 됐다.

목살, 삼겹살, 갈비살, 엉덩이살, 귀고 꼬리고 머리고 닥치는대로 잘라 와 우적우적 씹었다.

물론 대접에 술을 퍼다 마시기도 했지만 홀 주위에 화초처럼 가꾸고 있는 채소를 꺾어다 먹는 재미는 특별했다.

우리는 다섯 번인가 여섯 번인가 왕복하며 구운 것은 뭐든지 가져다 먹었다.

얼마나 먹었나, 아마 둘이서 5인분은 먹었나 보다. 된장찌개에 공기밥까지 먹으려다 우리는 그만 두었다.

"왜 이것밖에 못 먹나. 욕심대로 먹을 수 있어야 하지 않아. 그러니까 먹는 것보다 못 먹는게 많아 무한리필인가 빌어먹을!"

내가 항상 몸이 욕망보다 작음을 투덜댔다.

계산 카운터 뒤에 걸린 '주지육림'이란 현판이 기름에 찔어 번질번질 번뜩였다.

내 몸에서 옛날 고기 냄새가 났다. 그녀의 배가 동산만 해졌다. 장난삼아 손으로 그녀의 배를 두드렸다. 둥둥 북소리가 났다. 우리는 깔깔거리며 강가로 향했다. 얼마 후 그녀가 배를 쓰다듬으며 우리는 언제쯤 아기를 가질 수 있겠냐고 물었다. 나는 대답하지 않았다.

문득 게걸들린 개들에 둘러싸여 공포와 두려움에 떨었던 옛날 내가 생각났다. 무서웠다.

내가 할 수도 없으면서 포도나무에 필 꽃을 기다리는 덧없는 희망을 주는 것은 어쩐지 죄 같은 생각이 들었다. 우리는 영영 돌아오지 않을 소식을 기다리는 폐허의 심정으로 천천히 저녁강을 걸었다. 어둠이 강물을 다 건너기 전 우리는 서둘러 숙소로 돌아와야 했다.

아직 할 일 하나가 남아있었다.

그녀가 고기 냄새를 벗고 알몸으로 다가왔을 때, 그녀의 몸에선 잘 익은 와인 냄새가 났다.

시큼하면서도 달작지근한 포도향, 산과 타닌이 잘 어우러진 보르도 산 '샤또 마고'였다.

'마고' 향은 왠일인지 나를 쫓기는 듯 자꾸 조바심을 나게 했다. 내 조바심이 그녀의 다른 조바심을 일깨웠는지 그녀도 서둘렀다.

"서둘지 말자. 천천히 천천히. 몸 전체로, 리듬으로 느껴봐. 왜 그래? 우린 처음이 아니잖아."

그녀가 내 머리칼을 쓰다듬으며 돌려 안은 등을 가볍게

두드렸다. 나는 잠시 가라앉는 듯했으나 순간 그녀의 몸이 너무 깊고 멀다는 생각이 들었다. 오늘은 더 깊고 아득했다.

그녀의 내면, 끝 모를 심연의 바닥에 파란 등불이 하나 켜져 있었다. 나는 그 심연으로 내려가 보고 싶었다. 그러나 길은 멀었고 바닥이 가까워질수록 질퍽거리며 발이 조여들어 더 이상 내려갈 수가 없었다. 숨이 막혔다. 끝이라 생각했다. 그리고 맥없이 무너졌다.

그녀가 젖가슴으로 땀에 젖은 내 머리를 안았다. 제비꽃 '마고' 향이 그녀의 가슴에 흘러 넘치고 있었다. 우유빛 가슴 굴곡에 가만히 입술을 댔을 때, 바이올렛! 보라색 부드러운 관능의 샤넬 향이 내 몸속으로 스며들어 파란 강물이 되어 흘러갔다.

숨소리가 제 자리를 찾은 뒤 내가 말했다.

"오늘은 너무 깊고 멀어서 닿을 수가 없었어. 좁은 길이 발이 빠질 만큼 질었어."

"그랬구나, 실망했겠네."

"아니 안타까웠어. 무언가 알고 싶은 게 있었는데 놓친 것 같았어."

"나는 꽉 찼는가 했는데 이내 텅 비어서 몹시 허허로웠어. 소중한 걸 잃어버린 듯 허무했어. 처음도 아닌데 말야."

그녀는 두 번이나 '처음이 아닌데'라고 말했다. 처음으로 돌아가고 싶은 것인가?

우리는 아무 말없이 어둠 속에 한참을 누워 있었다.

희미한 불빛이 그녀의 양볼로 흘러내리는 물기을 비추고 지나갔다. 그녀는 울고 있었다.

"가지 마. 오늘 밤 같이 있자."

내가 그녀의 귓가에 속삭였다.

그러나 그녀는 습관처럼 일어섰다. 언제나처럼 내 속옷을 챙겨주고 자기도 새 것을 갈아입은 뒤, 등 돌려 화장을 고치고 일상을 향해 총총히 떠나갔다.

잠이 오지 않았다. 조용히 일어나 앉았다.

여기가 욕계의 끝인가. 나른함 속에서 안개처럼 풀어지는 애욕의 덩어리.

내 소설이 그녀를 구원하지 못 한다면 그녀는 내 그림자 그늘에서 향기 잃고 말라가는 제비꽃이 될것이다. 떠워 보낼까. 보라색 제비꽃이 강물을 따라 자유롭게 흘러가게.

불을 켜고 쓰다 만 원고를 열었다. 원고는 여기서 끝나 있었다.

"아방궁은 주지육림의 방이고, 아자방은 깨우침의 화살을 심중에서 꺼내들고 '부처 나오너라, 쏴 죽이겠다' 하는 방이다. 이렇게 다른데 왜 같다 할까. 술에 미친 고기 덩어리가 춤을 추며 무아지경이 '극락이다' 하는 방, 춤추고 싶은 고기 덩어리 깨워 '네가 부처다' 하는 방이 종장에는 하나로 통한다는 것이다. 나는 너를 건너고 너는 나를 건너는 것처럼 둘이 하나라는 종장이 있기에 생명은 찬란하다."*

가만히 내려다 본다. 한 자도 더 쓸 수가 없다. '둘이 하나라는 종장이 있기에' 라는 마지막 말을 지워 버렸다. 부질없는 욕심이었나 욕심의 끝에 번뇌가 비수처럼 번뜩인다.

멀리 강물의 흐느낌 소리가 다시 들리기 시작했다.

이어서 물 위에 떠서 흘러가는 보라색 제비꽃의 환영이 어른거리기도 했다.

자세를 바로 하려했으나 고기가 가득한 배, 아직도 얼얼한 하초가 바른 아자방를 방해했다.

벽에 기댄 채 나는 두 손을 모우고 진심으로 부처님께 용서와 구원을 빌었다.

제비꽃 데려가시라! 잘 가거라 나의 부처야!

가서 뿌리를 내리고 그 향기를 뿜내며 건실한 씨를 거둘 영원한 안식처를 만나기를.

*황충상 스마트소설 '푸른 돌의 말' 129P 본문 인용.

고성에는 왜 왔소?

1

고성에 왜 왔는가 물으면 C 때문이라고 답하는 것이 맞긴 해도 나는 그렇게 말하고 싶지 않았다.

좀 소설적으로 말하고 싶었고 마침 하루키의 소설에 푹 빠져 있던 때이니 더욱 하루키적 대답을 하고 싶었지만 사실 마음뿐이지 무엇이 하루키적인지는 더 두고 봐야 알 것 같았다.

어쨌든 C가 알사탕 감추듯 꼭 감추고 말을 안 했더라면 내가 이곳 고성 행을 결행키는 어려웠을 것이다. 내가 하루키 소설을 읽는 동안 나도 어디 조용한 바닷가에 가서 그 소설 속 초상화가 '나'처럼 며칠 몇 달을 꼭 쳐박혀 아무 생각 없이 흐느적거리고 싶다는 생각을 안 해본 것은 아니지만 현실이 녹록지 않았다. 그런데 그때 C가 고성에 작은 아파트가 하나 있는데 써도 좋다고 말해준 것은 어찌 보면 매우 우연인 것 같으나 나로서는 내 기대에 대한 무언가의 감응인 것 같아 매우 신통하게 느껴졌다는 것이다. C가 나로부터 어떤 계시를 받았거나 아니면 서로의 영적 텔레파시가 통하지 않았다면 어찌 바로 그때이었겠는가.

그리하여 내가 오랫동안 꿈 꿔 왔고 꼭 하고 싶었던, 혼자 며칠을 자유롭게 보내며 하루키와 조용히 만나 밤새 뒹굴며 노닥거릴 수 있는 시간과 공간이 주어진 것은 행운 중에서도 대행운이었다.

아파트는 7층이었는데 그런대로 바다가 보이는 작은 베란다를 갖고 있었다.

'이세(伊勢)' 바다가 울창한 송림 사이로 보였다는 '아마다 도모히꼬*'의 대저택은 아니었으나 혼자 바다를 내려다 보며 무엇인가 골돌이 생각하거나 구상하기에는 그만이었다. 물론 '이세'의 초상화가는 이젤을 세워놓고 그림 구상을 했겠지만 하얀 노트를 펼쳐놓고 이런저런 쓰잘데 없는 공상을 즐기는 나로서는 부족함이 없는 최적의 장소였다.

모처럼 가족과 (특히 거머리 같은 마누라 포함) 떨어져 며칠 밤인가를 홀로 보낼 수 있다는 해방감은 얼마나 값진 것인가. 멋대로 눕고 앉고, 입고 벗고, 들고 나고, 먹든지 말든지 아무 간섭도 받지 않는다는 것은 정말 얼마만에 만끽하는 대자유였던지….

다만 초상화가 '나'와 다르게 엎드려 빌기까지 했으나 그 '현란한 이데아'도 '경이로운 메타포'도 내게는 전혀 찾아오지 않아 부실한 소설 구상이 돼버리긴 했지만 최소한 그 과정만은 엄숙하고 진지했다.

넘실거리는 파도, 창문을 세차게 후려치는 바람소리, 그리고 콸콸 흘러내리는 빗소리만 들으며 홀로 보낸 고성의 며칠 밤. 오직 하루키가 벗이었다.

시장끼를 느끼며 찾아나선 사흘째의 점심쯤.

모두가 떠나버린 텅 빈 해수욕장의 그 쓸쓸함이란. 쓰러진 천막 기둥에 매달려 울부짖는 깃발들이며, 펄렁이는 찢긴 비닐조각들. 바람에 굴러다니는 이런저런 쓰레기들을 바라보며 걷는 백사장은 차라리 도시 시장 뒷골목 그것들과 별 차이가 없는 누추함, 그것이었다.

이따금 만나는 카페들을 둘러보며 이름도 요상한 아야진 항을 이리 기웃 저리 기웃 하며 돌아 다녔다. 무엇인가 요 기할 만한 것을 찾으며, C가 들려준 대로 어촌 선창가 어 떤 선술집에라도 들어가 무엇이라도 만들어 달라면 다 만 들어 준다는 새빨간 거짓말을 믿고 찾아 다녔으나 이건 아 예 물을 바가지 채 들이붓는 빗속이었으니 무엇이 남아 있 었겠나 이미 상가란 상가는 모두 문이 닫혀 있었다.

겨우 간유리창에 붉은 글씨로 '갈매기 회 쎈타'라고 쓰 인 선술집이 하나 보여 비도 피할겸 무조건 뛰어들었다. 이곳은 속초의 관광 횟집과는 완전 다른 그저 누추함이 덕 지덕지 들러붙은 작은 포구 주막이었다. 멀리 방파제 끝으 로 빨간 소등대가 우체통처럼 보이고 빗물이 유리창을 때 리며 부서지는 물보라가 작은 우체통의 붉은 빛으로 번져 벌건 물이 쏟아져 흘렀다.

술집은 손님이 하나도 없었다. 탁자는 예닐곱쯤 되는가. 장식 하나 없이 때가 얼룩진 벽에는 철 지난 달력과 메뉴 를 적은 서툰 붓글씨가 벌레처럼 기어다니고 흐릿한 형광 등이 자주 껌벅거렸다.

"아무도 안 계셔요?"

내가 소리쳐 불렀으나 대답이 없다. 그냥 갈까 하고 돌아

섰으나 입구 쪽 활어 몇 마리가 유영하는 수족관이 보여 잠시 머뭇거렸다.

"으응, 누구여?"

귀찮은 듯 투덜거리며 하얀 머리에 허리가 구부정한 노인 하나가 내실 포장문을 들추고 내다본다.

"손님인데요. 장사 안 하세요?"

"아니 이 빗속에 웬 손님이… 아무도 없어. 일하는 사람도 모두 들어갔고. 그래 무얼 드시려고?"

"여기 고성까지 왔는데 오징어 구경이라도 하고 싶어서요. 어디 물 좋은 오징어 있으면 회도 좀 먹고 통오징어찜도 먹어보고 싶어요."

"어허 오징어? 오징어 없어. 이 빗속에 조업을 할 수 있나. 배가 바다에 못 나간 지 오래 됐어. 나가도 못 잡긴 마찬가지지만. 혹시 속초에 가면 몰라도 여기서는 오징어 구경하기 힘들겨."

"그러면 뭐 요기할 만한 게 없을까요? 아침도 굶었는데…"

"그래 그것 안됐구먼. 저기 봐. 수족관에 남은 도루묵 몇 마리하고 가리비가 좀 있어. 그럼 그거라도 좀 자실련?"

"그러죠. 그런데 어떻게 먹는 거죠?"

"가리비는 구워 자시면 되고. 도루묵도 구워 먹어도 좋지만, 가리비가 있으니 이건 탕으로 드시지. 도루묵 탕도 괜찮아. 그런데 탕 재료가 있을지 모르겠네. 으응 밥은 있구먼…."

그리고 노인은 밥솥 뚜껑을 열었다 눌러 닫았다.

노인이 점심을 준비하는 동안 나는 하릴없이 비가 잠시 그친 흐린 간유리창 너머 넘실대는 파도를 무심히 바라보고, 그 파도 위를 낮게 활강하는 갈매기들의 비상에 눈을 주다가 이따금 유리창 문틈을 밀고 들어오려는 바람의 눈깔들을 불안스레 노려보곤 했다.

"이봐, 이쪽으로 오셔. 그쪽은 불이 없어."

가스불이 있는 부엌 쪽을 가리키며 노인은 내게 가까이 오라고 손짓한다. 촛불처럼 흐느적거리는 가스불 위 석쇠에서 가리비 몇 개가 입을 딱 벌리고 나자빠지고 도루묵은 아가리를 벌린 채 노란 양은냄비 붉은 물 속에서 자맥질을 하고 있다. 내가 한 숟가락 국물을 뜨자 노인은 물끄러미 쳐다본다. 주름지고 햇빛에 그슬린 검은 얼굴에 쑥 들어간 눈이 제법 깊다.

"맛있어요. 아주 달짝지근 해요. 오징어보다 더 좋은데

요. 잘 먹겠습니다."

그리고 나는 가리비를 뜯어 초고추장을 찍어 먹으며 더 크게 입맛을 쩝쩝 다셨다. 노인의 웃음 유발용 제스처였으나, 노인은 웃지 않았다. 오랜만에 느끼는 나의 비릿한 행복이었다.

식사가 거의 끝나갈 무렵 노인은 내 앞으로 다가앉으며 진지한 표정으로 물었다.

"고성에는 왜 왔소?"

앞서 사실 나는 C시인 얘기를 하지 말았어야 했다. 쉬러 왔다는 둥 그런 시시한 답변은 소설의 이데아적 답변이 되지 못한다. 그래도 글 좀 쓴다면 지금 읽고 있는 하루키의 영감을 받은 것처럼 아니면 무슨 심오한 메타포라도 내포된 것처럼 그럴듯한 대답이 나왔어야 했다. 예를 들면 '펭긴 부적' 때문에 왔다라든가 아니면 '멀리 떨어져서 보면 아름답게 보여서' 왔다라든가 뭐 이정도는 돼야 무언가 그럴 듯하지 않은가. 장고 끝에 악수라고 이런 때 나는 왜 그 묵직한 기의(記意)는 끌어내지 못하고 언제나 가벼운 기표(記表)만을 쳐발라 스스로 내 소설의 깊이를 없애는 것인지, 한심한 생각도 들었지만 어쩌겠는가.

또 예의 생각지도 않게 무의식중에 흘러나온 답변이란

게 겨우 이런 거였다.

"사람을 좀 찾아 보려구요. 아주 오래전에 알던 사람인데 요즘 갑자기 생각이 나서요."

"그래. 어디 살던 사람인가. 이곳 아야진 근처 사람이면 내가 모르는 사람이 거의 없지. 여기서 팔십 년을 살았으니까."

그리고 노인의 목소리가 낮게 잦아들며 몇 번인가 눈도 끔뻑끔뻑거렸다. 잠시 그의 시선이 멀어졌다 돌아왔다.

"많이들 떠나갔어. 이북이 고향인 사람이 많았으니까. 여긴 너무 척박해서 먹고 살기가 힘들었어. 어린것들 데리고 먹고살 만한 곳으로 전부 떠났지… 남아 있을까 몰라."

"영감님은 남으셨네요. 여기가 좋았던 모양이지요?"

"좋기는 무슨. 나는 그래도 먹고살 만했어. 저기 보이지 저 배. '갈매기호'라고 쓰여 있는 배 말이야. 저걸 선대로부터 물려 받았지. 선장 노릇을 하며 먹고 살았어. 오징어도 명태도 한때는 좋았었는데…"

빗속에서 펄럭펄럭 나부끼는 노란 푯대를 세운 낡은 통통배 하나가 묶인 배들 사이에서 파도에 출렁이고 있었다.

"혹시 아실런지 모르겠어요. 백화라고?"

"백화, 백화! 어디에서 많이 들어본 이름인데. 그래 어디 살았는데. 여기 아야진? 아니면 백도?"

"그러니까 그게 언제냐. 아마 1975년쯤이니 벌써 40년도 넘었네요. 그 애는 삼포에 산다고 했어요. 그때 나이가 스물 넷이었으니 지금은 벌써 환갑도 훨씬 넘었겠네요."

"어디, 삼포? 백도 너머 교암리 지나야 삼포인데. 허긴 시골길 시오리쯤은 먼 곳이 아니여. 웬만하면 다 알지. 장날도 만나고 큰일 때도 만나고. 그런데 백화는 모르겠는데…아하… 그것 술 이름 아닌가… 그래. 애인이었는가?"

"우연히 만나 제법 정이 들었는데 헤어지고 말았어요."

"쯔쯧… 쯔, 인연이 안 됐구만."

"인연보다도 제게 더 좋은 사람이 생겼었어요. 몹쓸 짓을 좀 했지요. 나이 먹으니 왜 자꾸 그 애 생각이 나는지 모르겠어요."

"여기 어디서 군 생활을 했던 모양이군. 그런 사람들이 꽤 많아. 이곳이 원래 군부대가 많았어. 그러니 자연 외로움에 겨운 장병들이 여기 처자들에게 푹 빠졌다가 놓쳐버린 사랑얘기가 많지."

"네에 그렇겠네요. 많이 변했겠지요. 동네도 사람도 너무 많이 변해서 찾을 수가 없겠지요? 할머니가 돼도 벌써 됐을 나이인데요."

그랬다. 그러나 이것은 괜한 나만의 이데아가 아니다. 언젠가 한 번은 찾아 나서야 할 옛 애인 얼굴 하나쯤 가슴에 품고 사는 것이 보통 세상 남자들 아니겠는가. 물론 하루키가 불러낸 녹슨 과거의 아픔과 추억 그리고 사랑, 꼭 그것 때문은 아니었겠지만.

옛 애인은 그런데 이 긴 장마철 잘 지내고 있는가? **
묵은 서랍이나 뒤적거리고 있는지도 모르고 헐렁한 몸뻬바지가 허리에서 흘러내리며 희고 둥근 배로 엎드려 테레비 연속극이나 보다가 붉은 입술 속을 드러낸 채 흰 목을 젖히고 깔깔 웃고 있더라도,
갈매기의 멋진 활강처럼 달고 매끄러운 이런 생각을 아내가 알면 혼줄이 나겠지만,
참으려 애쓰다가 끝내 수저를 놓고 방문 탁 닫고 들어갈게 뻔하지만,
옛날 애인은 잘 있는지 늙어가며 문득 생각나는 것이, 아내여 꼭 나쁘달 일인가 이게!

그 다음날 저녁에도 '갈매기 회 쎈타'에서 도루묵 탕을 먹고 백화 말고 다른 삼포 처녀의 연애담을 듣다 돌아와

가까스로 잠이 들었다. 하루키의 『기사 단장 죽이기』소설 2권째를 거의 다 읽었을 무렵에야 비가 그쳤다. 혹시 찾아올 무슨 이데아가 있을 것 같은 예감에 외출도 않고 묵묵히 기다렸으나 바라던 이데아는 끝내 찾아오지 않았고 가벼운 하루키적 연애담만 다가와 오래오래 머리에 남았다.

2

다음 날도 비는 그치지 않았다. 비 오는 해변의 밤은 일찍 찾아왔다. 어둠도 깊었다.

혹시나 삼포 이곳저곳을 기웃거렸으나 백화의 자취는 찾을 수가 없었다. 지쳐 돌아온 나를 그래도 '갈매기 회 쎈타' 영감님이 반갑게 맞아주었다. 도루묵도 다 떨어지고 가리비 몇 개만 남았으니 이것으로 '고성식 조개라면'이나 끓여먹자며 내놓은 '가리비라면'이 주룩주룩 내리는 비와 어우러져 정말 기막힌 맛이었다. 쫄깃쫄깃한 조개살도 좋았지만 그 시원한 국물맛이란 세상에 나와 먹어 보았던 그 어떤 요리보다도 가장 깊은 맛이었다.

"못 찾을겨. 세월이 얼만데. 고성은 다른 데보다 겉은 덜

변했어도 속은 더 많이 변했어."

"…."

"다 세월 탓이여. 흘러가는 세월을 누가 막을 수 있겠나. 헛일이여. 그래 언제 가게?"

"내일 가려구요. 비만 보다 가는가 했는데 영감님을 만나 좋았습니다. 이 라면 맛은 평생 잊을 수가 없겠네요."

"그려. 아직도 창창한 세월이 남은 것 같은데 생각나면 또 와. 고성은 알면 알수록 괜찮은 곳이야."

그리고 노인은 등을 돌려 무엇인가를 찾았다. 꺼내든 것은 홀더식 핸드폰이었다.

"만호냐! 야, 내일은 물건이 좀 와야 되겠다. 아무것도 없어. 오징어가 있으면 좋겠는데…."

흡족한 얼굴이 아니다. 아마 활어를 주문했나 본데 생각대로 잘 안 됐는가?

"어떻게 오징어라도 좀 자시게 하려는데 잘 안되네. 비가 너무 오래 왔어. 조개와 성게는 된다니 내일 아침은 여기서 드셔. 성게 미역국이 좋아. 그거 한번 들어봐."

"고맙습니다. 그런데 영감님은 술은 안 하세요. 소주 한잔 하고 싶은데."

"몸이 성치 않아서 잘 안 해. 그래도 오늘이 마지막 밤이니 한 잔 할까?"

그리고 노인은 진열된 수장고에서 소주 한 병을 꺼내왔다.

"안주가 변변치 않구만, 그래도 이 라면 국물이라도 들면서 마셔봐. 내가 얘기를 들어주면 안주 삼아 심심친 않을 거야."

소주 몇 잔이 들어간 뒤 나른한 피로감과 함께 머릿속으로 희미한 영상들이 스쳐지나갔다.

세월이 흘러 돌이켜보면 우리 인생은 참으로 불가사의한 게 많다. 믿을 수 없이 달려드는 갑작스런 우연과 예측 불가능한 전개가 넘쳐났던 시간들이었다. 하지만 이것들이 실제로 진행되는 동안에는 아무리 정신을 똑바로 차려보려 해도 대개 의식하지 못하고 그냥 지나가 버린다.

운명이라고 할까? 아니면 그저 밀려오는 파도나 바람처럼 자연 같은 거라고 할까?

우리 눈에는 쉼 없이 흘러가는 일상 속에서 지극히 당연스러운 일이 벌어지는 것처럼 보여도 그것은 어쩌면 그 결과가 미리 예견되거나 감지되는 일이 아닌지 모른다. 그 우연과 무지가 어떤 때는 많은 시간이 흐르고 난 뒤에야 전혀 다른 모습으로 드러날 수도 있기 때문이다.

고개를 숙이고 깊은 상념에 빠져 있는 나를 깨운 것은 영감님의 벼락 같은 고함소리였다.

"뭐 혀? 소주 몇 잔에 벌써 갔는감? 아직은 그런 나인 아니잖어!"

그리고 내 잔을 가득 채우고 기어이 잔을 부딪쳐 또 한 잔을 마시게 했다. 밖엔 이제 비가 멈추고 바람이 심하게 부는지 유리창이 깨질 듯 울었다.

"그래 애는 뗐어. 안 뗐어?"

노인의 그 물음에 퍼뜩 정신이 들었지만, '뗐다'는 그 말이 너무 거칠게 들려 싫었다.

"글쎄, 그게 그렇게 설득했는데도 안 했더라구요. 그때는 인공중절이 불법이라 상당히 어려웠어요. 간신히 아는 병원 하나를 소개받았었는데…."

"그럼 그 처자는 그냥 가버렸어? 어디로 간다는 말도 없이."

"네, 병원 연락을 받고 부리나케 쫓아가 보니 어디로 갔는지 보이지 않더라구요. 간호원 말로는 수술 순서를 기다리며 훌쩍훌쩍 울고 있었는데 다른 일로 잠깐 자리를 비운 사이 없어졌다고. 신문지로 돌돌 만 수술비 현금이 탁자 위에 그대로 놓여있는 채."

"쯔쯧… 쯔. 그렇지 그럴 것이여. 제 뱃속의 새끼를 죽인다는 게 그게 어디 쉬운 일이겠는가."

"그래도 저는 그때 그 애 원망을 많이 했어요. 그 애하고 결혼해야겠다는 생각은 털끝만큼도 없던 시절이었는데. 이제 마악 좋은 사람도 생기고 인생의 꽃이 피려는 한참 때였는데, 그 애가 걸림돌이 되면 어떡하나 오직 그 걱정 하나뿐이었으니까요."

그랬다. 며칠 밤인가 그녀를 붙들고 나는 너와 같이 살 사람도 아니니 제발 애는 지우자. 만일 애비도 없는 애 낳아 너 혼자 키우려면 얼마나 힘들겠냐. 네 인생도 한번 생각해 봐라. 수술비는 내가 마련해 줄 테니 꼭 좀 그렇게 해 달라 애원했었다. 그리고 이런저런 핑계로 큰 누이에게 목돈을 빌려 그 애 손에 쥐어 주었다.

"못 됐구먼. 정말 못 됐어. 서로 좋아서 그랬으면 끝까지 책임을 져야지."

"예. 후회도 많이 했고요. 평생 어깨를 짓누르는 짐이 됐어요."

"그래 그 뒤 무슨 소식이라도 들었나. 혹시 애는 낳아 키웠는지. 시집이라도 갔는지…."

"언젠가 우연히 만난 그 애 친구에게 들었는데 고향으로 내려가 어부의 아내로 물질도 배워 잘 살고 있다고…."

"다행이네 그려. 그렇지 세월이 가면 생각이 많이 날 것이겠구먼. 잘한 일보다 오히려 못한 일이 더 생각나는 법이여. 사람이니까. 안 그런가?"

비도 바람도 잦아들어 밤은 고요했다.

돌아와 누웠으나 잠이 오지 않았다. 낯선 아파트 흰 벽에 흘러간 영화처럼 되살아나 다가오는 얼굴들! 파도 소리가 꿈속처럼 곱게 깔린다.

어렵고 가난했던 시절. 제대하고 어렵게 복학은 했으나 생활비도 학자금도 마련이 어려워 M출판사 교정일로 아르바이트를 하던 시절이었다. 일이 늦게 끝난 날이면 삼양동 자취방까지 갈 시간이 없어 관철동 뒷골목을 헤매다 만난 게 '청자다방' 레지 백화였다. 그때는 다 그랬지만 그녀도 고향을 떠나 서울로 와 공장에 다니며 시골 동생들 뒷바라지를 하고 싶어 했지만 어찌어찌하다 흘러들어온 곳이 이곳 관철동이었다.

이쁘지는 않았으나 깨끗해 보였고 마음씨가 순박했다. 다방 허드렛일에서 손님 커피 수발까지 그녀는 만능이었다. 특히 그녀가 다방에 붙은 내실에서 혼자 지낸다는 말이 나의 구미를 당겼다. 이 점이 그녀와 사귀는데 제일 이용가치가 있는 일이었다. 물론 이런저런 실랑이가 없지 않았지만 서로의 어려움을 잘 아는 처지라 우리는 쉽게 한몸이 되었다. 나는 이제 늦어도 걱정이 없게 되었다. 오히려일부러 늦게 그녀의 내실을 자주 찾아가곤 했으니까. 어떤때는 그녀가 근사한 저녁을 해놓아 나를 감격시키는 일도여러 번 있었다. 가난했지만 우리는 행복했고 꿈도 아름다웠다. 그러나 풋사랑의 파국은 쉽게 왔다. 그건 전적으로내 책임이었다.

그때 나는 출판사에 다니며 소설을 쓰고 있었는데 내 소설이 H일보 신춘문예에 당선된 것이다. 나는 세상을 모두얻은 것처럼 기고만장했고 눈에 뵈는 게 거의 없던 시절이었다.

이쪽저쪽의 원고 청탁, 여기저기 강연 등 나는 이제야 비로소 바라던 내가 되고 있다고 생각했다. 그때 마침 촉망되는 여류시인 하나가 나에게 노골적으로 다가오고 있었는데 그런 기미를 알았는지 어쨌는지 (나는 잘 모르지만) 백화는 나를 오똑하니 혼자 옭아매려 했다. 내 느낌이 그랬다.

"이봐요. 나 이상해. 몇 달째 그게 없더니 임신이래. 우리 잘 된 거지?"

나는 그때처럼 놀란 적이 없다. 그것은 청천벽력이었다. 이제 겨우 꽃 피려한 내 인생이 천길 나락으로 떨어지는 것만 같았다. 그리고 발길을 뚝 끊고 집요하게 중절을 요구했다.

　얼마나 많은 불면의 밤을 보냈을까. 그녀가 비쩍 말라가고 식음을 전폐하고 있을 때 그녀가 도저히 되돌릴 수 없다고 결심한 건 여류시인과 나의 약혼 발표였다. 그건 너무 잔인했다.

　밤새 한 잠을 못 잤다. 회한으로 흐르는 눈물이 베개를 흥건히 젖게 했다.

　아침이 부옇게 밝아오고 있었다. 언제 비가 왔었느냐 물으면 대답도 못 할 만큼 청명한 날씨였다. 구름 한 점 없는 맑디맑은 아침이 왔다.

　간단히 짐 정리를 하고 식사보다 인사라도 하여야겠기에 '갈매기 회 쎈타'를 찾았다.

　어제 분위기와는 완전 달랐다. 이곳저곳 왁자지껄 사람 소리가 가득하여 활기가 넘치고 있었다. 활짝 갠 날씨가 사람들 마음을 즐겁게 했는지 마주치는 사람 모두가 웃는 얼굴이었다.

젖은 가구며 어구들을 내놓고 말리고 있는 한쪽 편으로 수조차에서 새로 들어온 해수를 내리는지 큰 고무호수에서 물이 콸콸 쏟아져 내린다. 차오르는 수족관을 바라보며 한 젊은이와 애기 중인 영감님이 보였다.

"그래라. 아직 손님은 많지 않을 것이여. 가져 온 것만 넣고 아침 먹고 가거라."

"네. 그런데 오징어가 꼭 필요하세요? 그러면 구해 오지요. 조업을 못해 값이 많이 비쌀 것 같아 그냥 왔는데요."

"됐다. 오늘 지나면 필요 없지."

내가 웃으며 다가서서 인사를 했다. 일하던 젊은이가 수차 위에서 나를 한참 내려다 봤다.

"잘 못 잔 얼굴이네. 눈이 부었어. 걱정 마시게. 마음 먹기 나름이지 아직도 시간은 많으니."

"네. 이것저것 신세만 지고 갑니다. 영감님."

"무슨. 그런데 아직 아침 전이지. 아침은 먹고 가야지. 오늘은 일하는 아줌마도 왔어. 내가 한 것 아니니 맛있을 거야. 자 이리 들어오셔. 어때 시원하지. 내다 봐. 고성 바다는 이 맛에 사는 거야."

간유리창을 활짝 열어젖힌 삼면으로 시퍼런 바닷물이 왈칵 달겨들고 있다. 코끝을 간질이는 비린 바람. 눈가에 맺히는 까실한 소금기. 끝 간 데 없이 펼쳐진 수평선.

"성게는 오늘 온 거야. 저 애가 가져왔지. 싱싱하니 한번 먹어봐."

이상했다. 성게국을 꼭 먹어보고 싶었다. 처음은 아니다. 언젠가 제주도 여행 중 먹었던 해녀 성게국 뭐 그런 것 아닐까. 그런데 고성 성게국은 무엇이 다르다는 말인가?

내가 영감님에 이끌려 식탁에 앉자 소박한 아침이 차려졌다. 노란 성게알이 우려낸 우유빛 미역국 한그릇. 김치, 콩나물 그리고 이름 모를 젓갈 하나.

마악 국 한 숟갈을 떠 입에 넣었을 때 노인은 밖 수족관 일을 마치고 차를 타려는 젊은이를 쫓아가 붙들고 들어왔다.

"아줌마! 여기 국 한 그릇 더 가져와요. 밥도 가져오고. 왜 그래? 아침밥 먹고 가라고 했는데. 만호야, 매사 편하게 수더분하게 살아라. 장사하려면 마음 비우는 게 먼저야."

"…네."

수줍은 듯 작은 목소리가 들릴 듯 말 듯했다. 그리고 그는 아무 말 없이 날라온 밥을 먹기 시작했다. 모자를 쓰고 있어 얼굴에 그늘이 졌다. 그 그늘로 눈은 확실히 볼 수 없었지만 오똑한 코며 얇은 입이 가늘게 내려앉은 하관과 함께 몹시 여리게 보였다. 인상에 이런 일이 그에게는 무척 힘든 일로 보였다.

"어떠냐 국맛이? 성게국은 니 어머니가 잘 끓이는데. 그래 강릉에 갔다 온겨? 좀 어떠시데. 차도가 있기는 하남?"

"예. 언제나 그래요. 좋았다 나빴다. 꼭 날씨마냥요. 더운 여름 지났으니 좀 나아지시겠지요."

"큰일이다. 좀 나아지셔야지. 식구도 없는데 네가 고생이다. 너를 그렇게 모질게 해서 돌아올 게 무엇이라고. 참 무슨 억하심정인지…"

아무 말 없이 그 젊은이는 밥만 먹고는 바쁜 일이 있다고 급히 일어섰다. 나가면서 그가 모자를 벗고 꾸벅 절을 했다. 얼떨결에 나도 엉거주춤 고개를 까닥했다.

"쯔쯧. 요새 젊은 것들이 저래. 아직 어른들 식사도 안 끝났는데. 저 아이도 안 그러더니 제 어미 때문에 변했어."

"어머니가 편찮으신가 보죠. 심성은 좋아보이던데."

"제 어미가 아들 저런 꼴을 못 봐. 무어라더라 조현병이라든가. 여튼 좀 별난 여자야. 원래 여기 사람인지 아닌지 아는 사람이 없어. 언젠가 저 애 하나를 데리고 여기로 재가해 왔어. 물길질도 잘하고 생활력도 강해 해녀횟집도 하고 성게국이 일품이었어. 한참은 돈도 잘 벌고 좋았었지.

사고로 남편이 죽기 전까지는. 그런데 남편이 죽은 뒤 아들을 꼼짝 못하게 잡는 거야. 공부시키겠다고 돈도 많이 들이고 아마 대학까지도 보냈었지. 그런데 능력이 안 됐는지 여기 와서 배도 타고 지금처럼 활어 배달도 하며 지냈어. 그러니 아들보다 어미가 더 못 견뎌 하는 거야. 어느날 눈이 뒤집혀 쓰러졌지. 그리고 끌려가다시피 갔어. 지금 강릉 정신병원에 있지. 자식 못할 일만 시키고.”

간혹 수저에 떠오르는 성게알의 비릿함에서 희미한 옛날 맛이 감돌았으나 노인의 긴 한숨에 입맛이 갔는지 나도 수저를 놓고 말았다.

배들이 출항하는 통통 소리가 가까이서 들려왔다. 배가 지나간 바다에 하얀 물보라가 일었다.

“오징어를 기어이 못 들고 가시네. 저 봐 저게 오징어 배야. 오늘 저녁이면 싱싱한 오징어를 맛볼 수 있을 텐데…. 안 됐지만 또 오서. 그리 멀지 않은 곳이니.”

“폐만 끼치고 갑니다. 생각나면 또 오겠습니다. 고성을 못 잊을 듯합니다. 영감님 때문에요.”

차가 미시령 터널을 빠져 나오자 콸콸 쏟아지는 물소리가 경쾌하게 들려온다.

온 산이 합주를 하고 있다. 시선을 멀리 두면 산골짜기마다 하얀 운무가 연기처럼 피어오르고.

황태 음식점들이 즐비한 44번 국도를 따라 달린다. 멀리 백담사 사인이 보인다. 백담사에 들려 만해 스승님 말씀이나 듣고 갈까. 길옆 글이 새겨진 돌을 뚫어지게 바라본다.

유연천리래상회(有緣千里來相會) 인연이 있으면 천리 밖에서도 만나고 무연대면불상봉(無緣對面不相逢) 인연이 없으면 얼굴을 대하고도 서로 만나지 못한다.

무언가 퍼득 떠오르는 생각 하나. 만호와 겸상했던 아침 밥상. 왼손으로 쥐었던 그애 숟가락. 그리고 모자 벗고 꾸뻑 숙였던 그 머리, 곱슬곱슬 고수머리.

차 속에서 한참을 넋을 잃은 채 있다가 백 미러에 비친 내 흰 머리칼을 유심히 바라본다. 곱게 굽어진 자연 웨이브가 오늘따라 보기 좋다.

아마 우연일 것이다. 고개를 흔든다.

급히 백담사를 버리고 44번 국도 서울 방향으로 질주한다. 고성이 자꾸 소리치며 따라왔다.

*무라카미 하루키의 「기사단장 죽이기」에 나오는 유명한 일본 화가.
**김시인 시 "목포" 중 일부 변용.

노란리본 달기

    문상을 마치고 어두워지는 영주행 935지방도로를 달려가며, 길 양쪽으로 아직도 흰 눈을 뒤집어쓰고 깊은 동면에 빠져있는 사과밭을 본다. 풀죽어 길게 늘어서 있는 키 작은 사과나무들. 뼈다귀처럼 앙상한 가지가 세차게 불어오는 바람에 흔들리고 있다.

    침묵 뒤 평생 사과 농사만 지었다는 고인의 이야기가 흘러 나왔다.

    "정말 사과나무에 영혼이 있기는 한 거야?"

    소주 몇 잔에 얼굴이 불콰해진 원교가 차 뒷시트에 몸을 깊숙이 누이고 물었다.

운전대를 잡은 내가 거들었다.

"문철이 어르신이 그랬다니 거짓말이야 하셨겠나. 맑은 사과나무의 영혼이 가을 사과 열매를 빨갛게 물들인다는 말씀, 맞을 거야."

"미치고들 있네. 사과나무 영혼이 사과를 붉게 물드린다고? 이것들이 여태 무얼 배웠나. 그건 인마 햇빛과 산소의 광합작용으로 붉은 물이 드는거야. 사람에게도 있는지 없는지 모르는 영혼이 무슨 사과나무 따위에 있겠어."

과학도인 우성이 버럭 큰 소리를 냈다. 조용히 차창 밖을 바라보며 한마디도 없던 종상이 무겁게 한마디를 내려놓았다.

"사과나무가 얼마나 간절해야 영혼을 만날 수 있는 것일까?"

아버지는 한번도 사과나무를 나무라 한 적이 없어. 우리 새끼라 했지.

내가 어릴 때는 여러번 사과나무 영혼들과 마주치기도 하고 이야기도 나누었다고 동화처럼 들려주셨어.

전지를 심하게 한 날이나 꽃잎이 맥없이 바람에 떨어져 나간 그런 날에는 틀림없이 한밤중 낮은 울음소리가 들렸다고. 끊겨 나간 가지들과 떨어져 나간 꽃잎들을 내려다보며 눈물 흘리고 있는 사과나무를 바라볼 때마다 도저히 잠을 잘 수 없어 밖으로 뛰쳐나와 부둥켜 안고 같이 운 날이 어디 한두 번 뿐이었냐고 그러나 그것이 다 저를 큰나무로 키우기 위해서란 걸 안 뒤에는 애써 슬픔을 억누르고 지나가는 바람의 팔을 붙들어 앉히고 남은 가지를 다독이며 밤을 꼬박 새우더라고.

큰 열매를 얻기 위해 작은 것들을 솎아낼 때는 몸을 부르르 떨면서 잎사귀를 헤집어 그 중 가장 큰 잎 몇 개를 떨구어 포근히 덮어주며 의연히 죽어간 새끼에게 들려준 말이 너무 애절하고 깊숙해 돌아서 눈물 흘린 적이 여러번 있었다고.

문철은 아버지 말을 담담히 전했다. 그리고 아버지의 영정 앞에서 걱정 마시라고 아버지 영혼을 제일 큰 사과나무 밑에 수목장으로 모시겠다고 다짐했다.

눈이 올 것 같은 하늘을 걱정하며 자리에서 일어 났을 때 기어이 참지 못하고 내가 물었다.

"문철아 네 솜씨냐? 잘 찍은 사진인데. 좋다. 처음 보는 이색 영정이었어."

문철은 웃지 않았다. 갑자기 얼굴 빛이 어두워지며 긴 한

숨과 함께 눈물이 흘러 내렸다.

"나중에 얘기 하마. 아주 긴 얘기가 될거야."

과수원 숲길을 걸어 나오며 마지막 아버지 모습을 들려 줬다. 폐렴이 깊어 숨쉬기도 어려운 속에서 노인은 또렷이 이 두 마디를 소리쳤단다. 가슴이 끓어 넘치는 소리 같았어.

— 찾아 올 텐데. 꼭 찾아 올거야….

그저 치매 노인 소린가 했지. 몰랐었어. 그 말이 무슨 뜻인 줄. 나중에야 알았지. 내 위에 누이가 있었다는 걸. 그리고 그 누이가 이 과수원이 됐다는 아버지 인생의 눈물과 한을.

땅 한뼘 없이 찢어지게 가난했던 시절 젊은 부부는 막 태어난 큰딸을 외국으로 입양시켰어. 그 심정이 오죽했을까. 몇 푼 받아든 보상금으로 산을 개발하고 사과나무를 심었지.

눈 부시게 하얀 꽃이 피면 꽃 속에 떠오르는 아이 얼굴을 바라보며 둘이 부둥켜 안고 울었단다. 그리고 그 슬픔 만큼 땅을 더 깊이 팠단다.

"리본은?"

어머니가 일찍 떠나신 후 외로움이 더 했는지 외국을 떠돌 딸 생각이 심했던지 사과나무에 리본을 매달기 시작했지. 왜 있잖아. *'참나무에 노란 리본을 걸자'는 노래처럼. 그건 사랑 같은 게 아니었어. 씻을 수 없는 속죄와 참회를 매달고 바람 같은 희망을 걸고 싶었겠지. 고개를 들어 검은 하늘을 쳐다보는 그의 가슴에도 노란 리본이 달려 있었다.

지방 도로를 벗어나 풍기로 가는 고속도로를 올라섰을 때, 내가 물었다.

"그래 사과나무 영혼과 사람 영혼이 만나면 어떻게 되는 거야? 사람이 사과나무가 되나 아니면 사과나무가 사람이 되나."

깜깜한 하늘에 유성처럼 흩어지는 눈송이 몇 개를 보며 내가 물었다.

"저승에서는 아마 사과나무가 사람을 키울지도 모르지. 그리고 가끔은 되묻기도 하겠지. 그래 잘난 너희 사람들은 무엇으로 사과를 붉게 물들이냐고? 사람에게도 우리처럼 햇빛 속 맑은 이슬 같은 영혼이 있기는 하냐고."

순간 나는 붉은 사과가 주렁주렁 달린 키 큰 사과나무에 노란 리본을 매달고 미소 짓던 노인 얼굴이 떠올랐다. 슬

픈 영정이었다. 사진 속에서 빙그레 웃고 있는 밀짚모자의
검은 얼굴은 마치 천진스런 어린애 같았다.

"나무도 아는거야 서로 나누어 가질 슬픔과 원망이 어우
러져야 붉은 물이 든다는 것을."

모처럼 과학에서 벗어난 우성의 젖은 목소리가 우리를
침묵에 빠지기 했다.

이미 앞이 안 보일 만큼 함박눈이 퍼붓기 시작했다. 차창
으로 노란 리본 달린 사과나무를 향해 달려오는 소녀의 환
상이 나타났다 사라졌다.

*Tony Orando & Dawn(1970)의 "Tie a yellow ribbon round the Oak tree" 참조.
집을 떠난 남편을 기다리는 변함없는 여인의 사랑을 노래한 올드 팝송.

스마트소설
옥수동 불빛

구순 씨의 하루

"오늘은 쉬시지요 아버님. 어머님 기일이기도 하고요."

"글쎄 일이 많아 쉬기도 그렇고. 내가 있다고 네 어미가 알아나 보겠느냐. 다 부질없는 짓이지. 벌써 몇 년째냐 5년이 넘었어. 애비도 있고 미현이도 올테니 너희들끼리 해 봐."

신발 끈을 묶으며 구순 씨는 고개도 들지 않고 말한다.

오늘이 죽은 마누라 5주기 기일이다. 그러나 관여치 않기로 했다. 요즘 며칠째 꿈속에 나타나는 마누라쟁이가 원망스럽기도 하고 밉살스럽기도 헤 보고 싶지도 않았다.

잠이 안 오다가 어쩌다 든 선잠에 며칠째 마누라쟁이가

찾아왔다.

"이봐요. 어떻게 내가 죽고 없는데도 그렇게 잘 살아요. 도무지 벨이 꼴려서 못 보겠어. 이제 그만 하고 나를 찾아 와 봐요."

"알았어. 걱정 마. 곧 갈거야. 조금만 기다려. 갈 여비라 도 만들어야 하니 좀 더 기다려."

그리고는 그 여편네가 내 앞에서 치마를 홀러덩 내리더 니 강물 같은 오줌을 내갈기는 것이었다.

"아니, 이게 무슨 짓이여? 저승에는 화장실도 없어. 어떻 게 여기까지 와서 행패야 행패가."

"아니에요. 여기도 화장실이야 잘 돼있지만 서로가 이무 럽지 못 해서 영 볼일 보기가 어렵고 거북해요. 당신 만났 으니 홀러덩 벗고 이렇게 내갈기니 참 시원하고 좋아요. 아이고 오늘은 발 뻗고 푹 자겠네."

마누라는 옛날 보였던 껄껄 웃음을 소리나게 웃고는 "그 래요. 제삿날 올게요. 그때 봐요. 당신 요새 젊어 보인다. 보기 좋아요. 그렇다고 허튼짓 하지 말아요. 내가 하늘에 서 다 보고 있으니까."

그리고는 달려들어 입을 쪽 맞치고는 사라져 갔다.

"망할 놈의 여편네는 죽어서도 제 버릇 못 고친다더니.

허허허 쯔쯔쯔."

구순 씨는 싫지 않은 듯 피싯 웃었다. 그 밤 내내 잠이 오지 않고 이런저런 상념에 날을 꼬박 새웠다.

주머니가 많이 달린 쪼끼를 걸치고 목이 긴 농구화 차림으로 대문을 나섰다. 뒤에서 저녁이라도 집에서 하시라는 며느리 말이 들렸으나 구순 씨는 대답없이 바삐 걸었다.

"혹시 성남 분당 쪽으로 가는 물건은 없는가?"

바삐 돌아가는 성남 방향 배달을 확인했으나,

"아 벌써 김 씨가 갖고 나갔네요. 정 씨가 좀 늦었어요. 목동 쪽은 어떠세요?"

"할 수 없지. 이런저런 내 좋은 물건만 할 수는 없으니까."

그렇다. 벌써 3년째 구순 씨는 온 라인 상품 배달일을 하고 있다. 집에서 노느니 이리저리 지하철로 이동하며 나들이 하는 것이 건강에도 좋다는 친구 꼬임에 빠져 이 일이 벌써 3년째다.

물론 지공도사가 되었으니 이런 혜택도 받는 것이지만 이곳 저곳 상품을 배달하는 것도 과히 나쁜 일은 아니었다. 마누라 죽고 집에 있어 보아야 며느리 눈치도 손자들

눈치도 보아야 하는 것이 괴로웠는데 시간도 보내고 운동도 되고 용돈까지 생겨 훈이 녀석 자전거도 사 줄 수 있었으니 일 치고는 괜찮은 일이었다.

오늘 성남 추모공원 납골당에 있는 마누라를 한번 볼까 방향을 잡았으나 선수친 자가 있다니 어쩌겠나. 하는 수 없이 목동 영등포 방향 물건을 받아 들었다.

물건이란 게 별게 없었다. 대게 선물용 의류나 식품이 주였고 쇼핑몰이나 백화점에서는 제법 고가의 명품도 있었으나 그것은 그의 몫이 아니었다. 서류나 고가품은 운송료도 비싸지만 그만큼 신용이 있는 젊은이들이 독차지했다.

따라서 구순 씨는 그런 고급물건은 못하고 기껏 선물용 꽃다발이나 케익 같은 것이 돌어오곤 했다. 서류나 고가품은 그만큼 택배료도 더 받을 수 있고 가끔 기대치 않던 팁도 받을 수 있어 좋긴 했으나 나이가 젊은 것들이 보증금을 넣고 하는 것이라 도저히 몫이 돌아오지 않았다.

오늘도 목동으로 가는 축하 꽃다발과 작은 케익상자 그리고 잡다한 의류 쇼핑 백이 배정되었다. 잘 됐다. 빨리 배달하고 오늘은 성남 추모공원 납골당에 가서 마누라나 붙들고 하소연이나 하고 와야겠다. 생각이 여기에 미치자 부리나케 지하철로 달렸다.

이리저리 호수를 찾아 다니며 그 넓은 목동을 훑었다. 오후 시간을 벌려면 바삐 전해야 했다.

이런 배달일은 경비실이나 집 앞 우편함에 넣으라는 고객이 가장 좋은 고객이었다.

오늘따라 수월하다고 생각하며 마지막 하나를 위해 1001호, 10층 1호의 초인종을 눌렀다.

몇 번을 눌렀으나 기척이 없다. 꽃만 아니면 그냥 놓고 가고 싶지만 꽃은 직접 전하라는 교육을 여러 번 받았다. 시들기도 하지만 만나 주면서 하는 말 한마디가 그만큼 중요했기 때문이다. 한번 더 누른 뒤에야 슬며시 문이 열렸다. 20대 중반 쯤인가 머리가 부스스하고 화장기 하나 없는 민얼굴이 불쑥 나타났다.

"뭔데요. 늦잠을 좀 자려했는데…."

말투에 짜증이 잔뜩 들어있다. 이럴 때가 가장 조심스럽다. 구순 씨는 훈련된대로 만면에 웃음을 띠우며 가장 명랑한 톤으로 말했다.

"…미안해요 그런데 누군가가 드리는 선물을 갖고 왔어요. 축하합니다. 생일인가 보지요"

구순 씨는 최고의 친절 모드로 하얀 투명지에 싸인 꽃다발을 두 손으로 내밀었다. 그런데 이게 웬일인가.

"무슨 생일. 제 생일 지난 지 오래 됐어요. 그리고 누군지 모른 사람의 선물은 받을 수 없어요."

그리고 그녀는 몸을 돌려 문을 닫으려 했다. 이때가 중요하다.

구순 씨는 한 손으로 문을 잡고 아주 낮은 목소리로 감정을 넣어 속삭이듯 외운대로 읊조렸다.

"아 그래요. 아마 보내는 사람이 날짜를 착각했나 보네요. 그래도 보내는 마음은 진정 아니겠어요. 그 꽃 속에 편지도 있으니 읽어 보세요. 선의는 받고 사양은 나중 정중히 하시지요."

그런데 그녀는 좀처럼 꽃에는 관심이 없다. 오히려 바닥에 잠간 내려논 케익상자에서 눈을 떼지 못했다.

"아 이 케익도 드려야 하는데. 해피 버스데이!"

보는 것보다 먹는 것을 좋아하는 사람인가. 슬며시 받아든다. 구순 씨는 그 속을 알듯도 모를 듯도 했다.

그녀는 한 손에 꽃을 한 손엔 케익을 들고 있어 문은 구순 씨가 닫아 주어야 했다.

"수고하셨어요 아저씨. 솔직히 말 하지만 별로 내키지 않는 사람이에요. 받고 싶지 않지만 아저씨 성의를 봐서 받아주는 거에요. 제가 전화할게요. 고마워요."

짐작이 갔다. 세상은 언제나 일방적인 사랑도 있고 그런 사랑도 진정이면 아름다운 사랑도 되는 것이다. 자신도 얼마나 아내의 사랑을 구애했던가 쓴 웃음이 나왔다.

엘리베이터 안에서 배 반장에게 임무 끝을 보고 했다. 더하여 오늘 오후는 쉰다는 말도 가뻣했다. 발걸음이 가벼워졌다.

아파트 정문을 막 나가는 중에 전화가 큰 소리로 울렸다.

"어르신! 그 케익도 10층에 주었어요?"

"그럼 케익 아니었으면 꽃도 안 받으려 했어."

"쯔쯔쯔 그게 잘 못 됐네요. 그 케익은 215동 1001호로 가야 하는데…."

"뭐라구. 분명 생일이라 했는데. 꽃까지 안 받으려 해서…."

"네, 꽃만 주어야 했는데. 어떻게 다시 돌려 달라면 안 될까요."

"안돼. 벌써 개봉했을 거야. 먹는 걸 좋아한다고 했어. 흐흐흐."

꽃을 보낸 사람 생각이 퍼뜩 났다. 그렇게 어려운 관계가 내 실수로 아주 망칠 것 같았다.

"아 그럼 어쩐다. 돌려 달라고 하기는 어렵고…."

결국 새 것을 다시 사서 보내기로 했다. 들려준 이야기를 듣고 그럴 수밖에 없었다.

아파트 앞 파리 바게트에서 나름대로 괜찮은 케익 하나를 샀다.

길게 한 숨을 내 쉬고 조심스레 벨을 눌렀다. 들려준 이야기가 도저히 경솔할 수가 없었기 때문이다. 무엇인가 아이 가슴에 큰 자욱을 남겨주고 싶었다. 딩동!

짧은 벨소리 다음 부산한 발소리가 들렸다. 곧 문이 열렸다.

"수근네 집이지요? 아 네가 수근인가 보구나."

젊은 아낙 뒤에서 맑은 눈빛으로 쳐다보고 있는 대여섯 살 짜리 남자 아이를 바라보며 일부러 큰소리로 입을 열었다.

"네. 수근아 인사드려. 아빠가 아는 분이셔."

수줍은 척 아낙 뒤로 몸을 숨기며 수근은 고개를 숙이는 듯 마는 듯했다.

"축하해. 오늘이 수근이 생일이지. 자 받아. 아빠가 보내는 선물이야."

구순 씨는 만면에 웃음을 띠고 케익을 내밀었다. 케익 상자 위에는 예쁜 카드도 꽂혀 있었다.

이것은 그가 직접 마련한 작은 성의였다.

반장은 케익을 잘못 전달했다며 수근이 애기를 했다. 수근 아빠는 얼마전 투루키 지진 참사 구호대로 파견되어 구호작업을 하던중 건축잔해를 걷어내다가 잔해 붕괴로 목숨을 잃은 젊은 소방대원이었다. 아직도 수근이는 아빠가 멀리 출장가 있는 것으로 안다고 했다. 다섯번째 생일을 맞아 엄마가 부탁한 아빠의 선물이었다.

"수근아 아빠는 늘 수근이 걱정만 하시지. 씩씩하게 잘 자라라고… 엄마 말씀도 잘 듣고."

이런 일은 처음이었다. 자신도 손자가 있는 할아버지로서 어린 수근을 보면서 가슴이 무너져 내렸다. 무언가 더 해주고 싶었지만 아무것도 더 해줄 수 없는 자신이 몹시 서글펐다.

"가슴은 아프지만 훌륭한 아빠를 두셨으니 아이를 잘 키워 주세요."

그제야 그는 아낙을 보며 가슴속 진심으로 위로의 말을 했다. 여인은 뒤돌아 눈물을 훔치고 있었다. 아이 머리를 쓰다듬으며 그는 자꾸 앞이 흐려짐을 느꼈다.

"잘 있어. 아빠는 곧 오실거야. 그때까지 엄마 말 잘 듣고. 우리 수근이는 잘 할거야."

그는 돌아서 계단을 내려섰다. 도저히 그들과 같이 있을 수가 없어 한층을 내려와 엘리베이터를 기다렸다.

저런 어린 자식을 두고 멀리 타향에서 어떻게 눈을 감았을까. 수근 아빠를 생각하면 이렇게 살고 있는 자신이 한없이 부끄러웠다.

회사에서 반을 보상한다지만 반은 온전히 자신의 몫이었다. 그러나 하나도 아깝지 않았다.

좀 더 주고 초코렛이 더 많은 것을 사야하지 않았나 후회가 됐다.

지하철로 향하며 그는 오늘 일당은 없다는 생각이 떠올랐다. 피식 쓴 웃음이 나왔다.

오후는 일을 않겠다고 전화했다.

"아니 일당도 날라갔는데 일을 더 해야지. 정 씨는 돈 생각이 별로 없는가 봐요, 히히히."

반장의 빈정거림이 거슬렸으나 사실 오늘 같은 날은 돈도 별로 생각이 없었다. 산다는 것과 죽는 다는 것이 우습게 보였으니까. 수근 아빠의 죽음과 자신의 삶을 생각해봤다. 살아도 산 것이 아니지 않는가.

점심 시간이 지난 지 오래 되었으나 도무지 입맛이 당기지 않는다. 오늘 점심은 건너 뛰기로 했다.

벌써 해가 뉘엿뉘엿 넘어가고 있었다. 음력 정월 해는 일찍 졌다. 석양이 남아있는 언덕길을 빠른 걸음으로 걸었다. 포도에 떨어진 낙엽이 이쪽저쪽으로 바람에 흩날리고 있었다.

그는 납골당 작은 진열장 앞에 섰다. 배가 불룩한 항아리 앞에 낯익은 흑백 사진 하나가 놓여있었다. 진열장 유리를 탁탁 몇 번인가 쳤다.

"이봐. 나야 나. 잘 있었는가?"

구순 씨가 누군가가 들을 만큼 큰 소리로 말했다. 작은 소리는 잘 못 알아듣던 마누라 생각을 했다. 그리고 실내를 한바퀴 돌아보고 나서 가져온 조화 한 송이를 화병에 꽂았다.

돌아서 급히 소주병을 땄다. 종이컵으로 꺼내기도 전 소주를 병 채 들이켰다. 싸 하고 알코올이 목을 타고 내려갔다. 빈속에 알코올은 금방 온 몸에 녹아들었다. 두 번인가 세 번인가 고개를 젖치고 소주를 털어 넣었다.

"뭐 하는 짓이에요. 왔으면 잔도 올리고 절을 해야지. 당신 혼자 그렇게 마시면 나는 뭐가 되느냐구요."

아하 그제서야 구순 씨는 헛웃음이 나왔다. 그렇지 평생을 마누라 채근에 시달리며 살았다.

그녀는 조금이라도 상식에서 벗어나는 꼴을 못 보는 성미였고 자신과는 오히려 반대였다.

구순 씨는 웬만하면 내 일이든지 남의 일에 참견은 하기 싫었고 외면하는 성미로 내성적이며 수줍음을 타는 성미였다. 그러나 마누라는 남자 같은 성격으로 자주 참견했고 아무하고나 잘 어울려 놀기를 좋아했다.

구순 씨는 남은 소주를 종이컵에 따라 놓았다. 잠시 후 죽어서도 유리창에 갇혀 있는 아내가 몹시 안쓰러웠다. 그 성격에 죽을 맛일거야 갑갑해서. 그는 안타까웠다.

"외로워 보여요. 그런데 뭐 그리 오래 살아요. 이제 그만 여기로 와요. 여기도 그냥 살 만해요. 나랑 같이 살고 싶지 않은가 봐."

"어서 오라고. 걱정 마. 그렇지 않아도 오늘 내일 하고 있어. 아픈데도 많고."

"자리 잡아 놨으니 어서 와요. 당신은 언제나 내 그늘에 있는 것이 좋아요. 그렇게 살았으니."

"무슨 여편네가 남편 알기를 뭐 같이 알아. 조금만 기다려 아직 할 일이 좀 남았어. 그것만 하고 곧 갈거야."

"뭔 일이 남았어요. 지금 나이가 몇인데 이제 그만하고 끝내세요."

아내는 내가 보고 싶은지 어서 올 것을 강권했으나 나는 이대로 갈 수는 없다고 생각했다.

그랬다. 아내를 이곳 납골당에 상품 진열하듯 그렇게 두고 갈 수는 없다.

어려운 시절 땅 한뼘 살 수 없는 가난 속에서 아내를 보냈다. 이제 자식들도 제 몫을 하고 딸도 시집가 그런대로 제 앞가름을 했다. 그러나 구순 씨 뇌리에서 떠나지 않는 것이 하나 있다. 아내의 산소였다. 아니 아내만이 아니지 않는가. 언젠가는 자신도 묻혀야 하지 않는가.

할 수만 있다면 바다가 내려다 보이는 산기슭 양지 바른 곳에 땅을 마련하고 싶었다. 그래야 발을 뻗고 잠들 수 있었다. 이런 때에 자식들이 서운한 것은 어쩔 수 없다.

살면서 고생한 것을 죽어 음택으로 보상 받고자 하는 것은 욕심도 큰 꿈도 아니었다. 아주 작은 바램이었다.

"갈게 잘 있어. 이제 봄이 올거야. 곧 꽃들도 필거고. 그때 다시 오지."

쏟아진 소주가 질펀하게 납골당 바닥을 적시고 있었다. 아침 꿈 생각에 그는 빙그레 웃었다.

"왜 웃어요. 옛말에 거름 밭에 딩굴어도 이승이 좋다 했어요. 더 있다 오세요. 진심이어요. 재미도 좀 더 보고. 동생도 가끔 둘러 보세요."

구순 씨는 유리창 문을 톡톡 쳤다. 그리고 돌아섰다. 벌써 날이 어두워지고 있었다. 겨울이 지나지 않은 밤은 일찍 찾아 왔다.

단대동 고개를 오르며 그는 몹시 숨을 몰아 쉬었다. 나이도 나이지만 젊었을 때도 이곳 단대동 고개는 숨을 막히게 하는 고지대였다. 오죽하면 이곳에서 1년만 살면 아무리 비만체중을 가진 이라도 정상체중으로 돌아온다는 말이 있었을까. 그는 고개를 다 올라온 후에야 허리를 펴 본다.

40년인가 아니 50년 전인가 70년대 도시정화운동으로 판자집이 정비될 때 아무 것 가진 게 없이 벌거숭이로 이곳으로 흘러 들어왔다. 그리고 여기서 젊음을 보냈다.

물론 아내도 여기서 만나 어렵게 결혼했다. 그녀도 동생들을 위해 이곳 가발공장에서 일하고 있었다. 구순 씨는 그때 가발공장의 작업반장이었다.

무던한 아내 성격이 좋아 구순 씨가 갖은 구애 끝에 눈이 맞았고 어렵사리 살림을 시작했다.

그럭저럭 남매를 낳아 대학 공부까지 시킨 누가 보면 빈손으로 자수성가한 사람들이었다.

그는 고생만 시키고 일찍 세상을 떠버린 아내에게 미안함과 안타까움이 늘 가슴을 짓누르고 있었다.

"저녁은 드셨어요?"

그는 허술한 간판에 순대국이라 써 놓은 낡은 가게 안으로 들어섰다.

왜 오늘 같은 날 하필 여기로 발걸음을 하는가. 그는 바로 후회했다. 여기는 더욱 아내의 자취가 남아있는 곳이다. 그는 고개를 흔들었다.

홀에는 아직도 몇몇 그룹이 소주잔을 기우리며 얘기에 한창이다. 떠들석한 이런 곳이 오늘 같은 날에는 더 좋을 거라 그는 어렵게 자신을 위로했다.

이곳 천안집은 천안댁이 벌써 40년 넘게 장사해온 해장국 집이다. 아내와 같은 공장에서 일하던 천안댁이 공장을 그만두고 이곳에서 장사를 시작한 것은 아내와 내가 결혼한 직후였다. 평소 나를 좋아했던 천안댁이 내가 결혼하니 공장을 그만두었다고 소문이 자자했으나 나는 모른 채했다.

그리고 가끔 이곳을 찾기는 했으나 주고받는 눈길조차 나로서는 상당히 부담스러웠다.

이 나이가 될 때까지 홀로 살면서 장사하는 그녀를 나는 늘 미안해 했다. 그러자 아내가 죽자 나는 자주 이곳을 찾았고 그런대로 아내 없는 외로움을 풀 수 있는 유일한 쉼터가 되었다.

"조금만 기다리세요. 얼른 해장국 하나 말아 올게요."

그녀는 조금도 흐트러짐이 없다. 그녀는 늘 그랬다. 한번도 내색을 한 적이 없다.

결혼하기 전에도 결혼 후에도 아내와 같이 들를 때도 언제나 같았다. 무척 속이 깊고 입이 무거운 여자였다. 장사 수완이 좋아 근처 빌딩도 사고 아파트도 장만하여 살만 하다고 소문이 났으나 본인 입으로 한 번도 신상 얘기를 해 온 적이 없다.

아내를 형님이라 부르고 나를 형부라 불렀으나 자기의 깊은 속은 바다 같아 그 속을 알 수가 없었다.

가끔 아내가 젊음을 혼자 보내는 그녀가 안타까워 좋은 데 있으면 시집가라고 하기도 했으나 사실 나는 듣기 싫었다. 어쩌다 취객과의 수작을 목격하기도 했는데 그럴 때는 속이 불편하곤 했는데 그러면 안 된다고 나를 스스로 다스리곤 했다.

돌아 나가는 그녀의 뒷태를 보며 실룩거리는 널찍한 히프에 깜박 눈이 가는 것은 어쩌겠는가.

"안으로 들어오세요. 밖은 아직 시끄러워요."

해장국이 놓여있는 작은 상을 들고 천안댁은 내실 쪽으로 앞장 섰다. 나는 못 이기는 채 일어섰다. 내실이라야 별 것 아니고 그저 문 하나로 가려진 그녀의 살림집이었다.

"자 우선 저녁 들고 계세요. 제가 안주를 좀 만들어 볼게요."

언제 먹어도 이 집 해장국은 맛이 있다. 할머니 뼈다귀 해장국이라 불려 외국인이 놀란다는 그 단대 뼈 해장국이다. 알맞은 온도에 간도 잘 맞는다. 그는 오후에 마신 소주 때문인지 속이 확 풀어짐을 느꼈다. 얼마나 지났을까, 천안댁이 주전자를 들고 들어섰다. 그리고 걸죽한 막걸리를 한 잔 넘치게 따랐다.

"웬 막걸리? 이봐 소주가 낫잖아. 배가 너무 불러서…."

"소주보다 이게 좋아요. 취하기도 늦게 취하고. 그러지 말고 저도 한 잔 주세요."

좀처럼 술을 입에 대지 않는 그녀를 그는 웬일이냐고 웃으며 잔을 채웠다. 한 모금 목을 축이고 나서 그녀는 조금 진지해졌다.

"오늘 왜 여기 오셨는지 알아요. 저도 오늘은 장사를 접고 납골당이나 가볼까 했는데. 형님 기일을 저도 그냥 넘기기가…."

그녀가 살짝 웃었다. 고마웠다. 아들 딸들도 오지않는 그 납골당에 오겠다는 그 말에 금방 눈이 붉어졌다.

"말이라도 고마워. 내가 갔었어. 나는 늘 애 어미에게 미안하고 면목이 없어서. 고생만 시켰으니까."

그녀는 손님들을 보고 온다며 나갔다. 홀로 몇 잔인가 막걸리 주전자 바닥이 보였다. 주기와 함께 피로가 몰려왔다. 벽에 기대어 잠시 눈을 부쳤다. 깜빡 잠이 들었었나.

슬며시 눈이 떠졌을 때 침대에 누워 있었고 무엇인가 무거운 것이 몸을 짓누르고 있음을 알았다. 그리고 바지가 내려져 있고 맨살이었다. 얼마만인가 오랜만에 무언가 무거운 쇳덩이가 아래 배에 솟아 오름을 느꼈다.

"어 누구여…."

"가만히 계세요. 오늘은 형님 소원을 풀어주어야겠어요. 형부는 내가 이렇게 하기 전에는 백년하청이니까."

"어어 무슨 짓이여. 그러면 죄 받을 텐데."

그는 진심으로 그렇게 말했으나 한번 성이 난 아랫도리는 좀처럼 죽을 줄을 모른다. 어딘가로 깊숙이 들어가는 감촉이 싫지 않았다. 몇 번인가 허리를 들어 올려 애를 써 봤지만 너무 오랜만인지 쉽게 무너졌다. 작은 쾌감이 오래 남아있었다.

살며시 내려와 팔을 끌어당겨 베고 그녀는 나직이 말했다.

"걱정 말아요. 형님은 제게 이렇게 해주길 바라고 있었어요. 제게 부탁도 있었고요."

창문이 몹시 흔들렸다. 봄을 기다리는 2월의 찬 비가 바람과 함께 창문을 때렸다.

어쩌면 새로운 봄이 벌써 와 있을지 모른다. 꽃이 활짝 피는 구순 씨의 새로은 봄이….

득기가 죽던 날

"에엑 뭐라꼬. 참말인가. 잘 못 들었제."

"아니다 맞다. 걔 새끼가 문자 안 보냈나."

"야 웃긴다. 거 탱크 같은 놈이 왜 죽나. 혹시… 그거 아닌가?"

"뭔 소린가. 그놈 그럴 용기도 없다. 심장마비란다. 아무도 몰랐단다. 니 알지? 그놈 여편네와 별거 중이다."

"야, 무섭다. 엊그제 걔와 전화 안했나. 그 짜쓱이 문데…"

그랬다. 그 놈이 생뚱맞게 전화하여 '야, 사람이 안 아프고 살면 얼마까지 사나' 하고 물었다.

그 걸 어떻게 아냐. 오래 사는 놈도 있고 금방 죽는 놈도 있지. 임마 인생은 대중이 없는 거라. 그래서 살맛도 나고 안 그러냐고 대답해 주었다. 그랬더니 이 놈이 '야, 대학 교수가 그것도 모르나. 그런 것도 모르면서 어떻게 아들은 가르치나.' 그러면서 계속 중얼중얼거렸다.

"대중이 없다…대중이 없다…대중이 없다는 거지….'

"근데 와 그러는데…?" 하고 내가 되물었지.

그랬더니, '이 놈 봐라. 사는 게 지루하단다. 뭐 별로 하고 싶은 것도 없고. 더 살아 봐야 특별히 득될 것도 없고… 좋은 거 더 볼 일도 없고….'

퍼뜩 엊그제 생각에 혹시 자살하지 않았나 물었는데 아니라니 천만 다행이었다.

그날 저녁 우리는 죽전에서 광주로 넘어가는 고갯길에 있는 하늘공원 장례식장에 모였다.

모두가 정신없이 나오느라 차림새가 엉망이었다. 보다 못해 내가 지랄 같은 놈들 아무리 친해도 지킬 건 지켜야지 하고 소리쳤으나 들은 척도 안 했다. 모두가 반은 넋이 나가 있었다.

그나마 내가 양복이라도 입고 와서 앞서 허리를 굽히고

향을 피워 올렸다. 향긋한 향내가 국화향과 어울려 코를 자극했다. 나는 허리를 펴며 뒤돌아 보았다.

"야 뭐하나. 절을 해야 할 것 아닝가."

"택도 없다. 뭔 절인가. 저런 놈한테는 절 필요 없다."

"그라고 친구한테 뭔 절인가."

한다 만다 옥신각신 하는 차에 맨 뒤에 있는 누군가 갑자기 노래를 부르기 시작했다.

— 소백산 줄기 따라 이름 난 이곳… 낙동강 구비치는 아름다운 이곳에….

무슨 갑자기 교가 타령인가. 그러다가 한두 놈이 엎어지며 소리내어 울었다. 갑자기 노래소리가 나 주위가 놀랐으나 그보다 더한 것은 우리 스스로도 놀란 뜨거운 오열이었다.

우리는 경상도 산골 소읍 K중학 동창이다. 득기도 그렇지만 사실 중학뿐만 아니라 그 좁은 읍에서 초등학교 중학교까지 같이 다니던 죽마고우 친구였다. 여름에는 홀랑 벗고 물속에서 놀면서 장난치고 했으니 사실 숨기고 할 것도 없는 알부랄 친구였다. 어느 놈도 우리 앞에서는 모두가 발가벗은 처지였고 서로 모르는 것이 없는 부부보다 더한 사이였다.

우리는 중학을 마치고 한 놈 두 놈 고향을 떠나 서울에서 대학도 다니고 사회생활도 했지만 우리끼리 만나면 저절로 깡 사투리에 섞여 새끼니 짜식이니 하는 소리가 무의식적으로 나오고 했으니 사실 형제 같은 처지였다.

그중 득기는 우리에게는 매우 신성한 존재였다.

왜냐 하면 득기의 얼굴이나 행동거지 그리고 그의 말소리에는 우리들 유년의 잊지 못할 사건이 깊게 각인되어 있어서 살아있는 우리의 빛나는 역사였다.

득기는 그래도 좀 살 만한 집에서 태어났다. 할아버지와 아버지가 대대로 한약재상을 해서 풍족하지는 않았어도 유족한 집이었다. 특히 득기 할아버지는 한의사답게 한학에 능통하여 인근에서는 꾀 알려진 유명 한학자셨다.

그런데 이 유명 한학자가 득기의 운명을 험하게 만들고 말았는데 말하자면 조부의 유식이 손자의 팔자를 이상하게 만들고 말았다는 것이다.

오래 기다린 손자답게 할아버지는 세상에서 제일 뜻이 좋은 이름을 지었는데 그것이 얻을 득(得)자에 터기(基)자였다. 좋은 터를 얻는다는 뜻은 사실 삶에서 이보다 더 좋은 의미는 없을 듯했다. 그런데 그의 뜻 깊은 이 이름이 K중학의 역대 최대의 엽기적 사건을 만들어 놓고 말았다.

우리는 그와 온전히 이 통한의 아픔을 함께 했다. 사건은 이랬다.

어느 날 학기 초 체육 시간에 악명 높은, 도무지 체육교사라고는 상상이 가지 않는 배불뚝이 저팔계와 만났다, 지금도 세월이 많이 지나긴 했지만 도저히 저팔계란 별명 이외에 스승의 고명이 생각나지 않는 그런 인물이었다. 그 신화 같은 일은 이때 일어났다.

득기는 복장 불량으로 저팔계와 마주했다. 거의 스모 선수 같은 두 사람이 마주 섰다. 잔뜩 인상을 쓰며 저팔계가 말했다.

"니 이름이 뭐꼬?"

"안득깁니다."

"안 들기나. 니 이름이 뭐냐고? 듣기제."

저팔계의 목소리가 커져서 운동장을 넘어 가까운 교실까지 들렸다. 큰 소리에 득기는 기압이 팍 들어간 부동자세로 저팔계보다 더 큰 목소리로 대답했다.

"안득깁니다."

"어 이짜쓱 봐라. 내 니 이름이 뭐냐고 안 묻나?"

그는 얼굴이 빨게지고 이제 숨까지 헐떡거리며 안간힘을 다해 목청껏 소리쳤다.

"안득깁니다."

"야 정말 안 듣기나?"

"예."

"그라몬 니 성 말고 이름만 말해 보래."

"득깁니다."

"그래 듣기제. 그라몬 성하고 이름하고를 다시 한번 대 보라."

"안득기입니다."

득기는 아주 체념한 듯 작은 소리로 '안' 말고 분명 '기' 자에 힘을 주며 말했다.

"이 짜석 봐라. 듣 낀다 했다 안 듣낀다 했다. 니 지금 날 놀리나."

"샘요. 그게 아닌데예."

"아이기는 머가 아이라카노. 반장! 니 퍼뜩 가서 몽디 가 온나."

껌을 씹고 있던 반장은 화들짝 놀라 입을 다물고 허둥지 둥 몽둥이를 찾아 나섰다.

"샘요. 몽디 가져 왔는데예."

"이 뭐꼬? 몽디 가꼬라카니 쇠 파이프를 가꼬 왔나. 야, 요 쌔끼 봐라. 반장이란 쌔끼가 지 친구 죽일라꼬 작정했

나. 야 임마 너는 이 반에 뭐꼬?"

죽을 상이 된 반장은 할 수 없이 껌을 몰래 뱉으며 이실직고 했다.

"예…? 입안에 껌인데예."

"뭐라꼬. 니가 이 반에 껌이라꼬. 날씨도 더운데 뭐 이런 놈들이 다 있나."

그 날 반장과 득기는 얼마나 얻어 맞았던지 며칠을 기어 다녔다.

사실 이 이야기는 하나도 과장이 아니다. 그 뒤 매년 신학기마다 벌어지는 해프닝에 도저히 참지 못한 득기가 개명을 위해 아버지를 설득한 것은 당연한 일이었다. 좋은 뜻의 이름을 바꿀 수 없다는 아버지에 맞서 며칠인가 단식 투쟁을 하기도 했으나 그건 그의 체력의 약점으로 수포로 돌아갔다. 도저히 굶는 것은 할 수 없는 그의 육체적 결함이었다.

"야, 할배가 큰 인물 되는 데는 기초가 중하다고 며칠 밤을 새워 고민타가 득기라 짓지 않았나? 근데 그것도 모르고 이름을 바꿔. 이 불효자식 같은 놈아!"

"그래도 그게 아니라 말입네다. 아버지요, 그 뜻이 아니라…."

"임마 그럼 뜻이 아니면. 보래 순흥 안씨 34대 항열은 '균' 아니면 '기'인기라. 그럼 니 득균이라 할까. 그 이름 좋겠다. 득균이가 뭐꼬. 세균이 득시글 거린다는 말 아닝가. 터 기 참 좋은 이름이다. 잔소리 말고 주야간 터를 잘 닦아라. 이름 좀 나게."

그 뒤 득기는 이름을 바꿀 생각을 아주 포기하고 사주팔자려니 하고 지냈다.

오랫동안 체념하고 살았는데 그 이름 때문인지 득기는 또 한번 운명적인 일을 만난다.

사실 득기는 앞서 말했지만 키가 180센티가 넘고 몸무게가 100킬로가 넘는 거구였다.

그는 몸무게 때문이기도 했지만 무척 '패시브'한 인간이었다. 그가 누구를 그 탱크 같은 덩치로 치고 때렸다거나 하는 일은 거의 없었다. 오히려 또래의 친구들 중 주먹 좀 쓴다는 애들이 그에게 달려들어 나대다가 제 풀에 나가 떨어졌다.

아무리 패고 때려도 꿈쩍을 안하니 때리는 놈이 지쳐 나자빠졌다. 그는 그 만큼 수동적이고 온순한 성격이었다.

그런데 이게 또 이상했다. 머리가 나쁜 아이는 아니었는데 한의대 시험에 3번을 연속 떨어졌다. 그의 아버지가 그 때쯤 돌아가셨는데 득기의 가업 잇기 실패에 화병이 생긴 거라는 소문이 나돌 정도였다.

지방 전문대를 마치고 상경하여 빈둥대던 득기가 이름 때문에 한이 되어 그랬던지 어느날 짠 하며 보청기 장사로 나타났다.

그 큰 덩치가 귀에 꽂는 그 작은 것을 매만지고 다듬고 또 귀에 넣었다 뺐다 하는 것을 보면 마치 커다란 코끼리가 개미를 갖고 노는 것처럼 기이하고 신기해 보이기까지 했다.

동창들은 아마 그가 귀에 한이 맺혀 똑똑이 들으라는 경고성 직업일 거라 말들 하기도 했지만 나는 그의 깊은 뜻을 짐작했다. 그나마 가업은 못 이었지만 병자 구제의 가문의 큰 뜻을 그는 이것으로 잇는 거라 나는 생각했다.

원체 천성적으로 소심하고 세밀하고 그래 그랬는지 보청기 사업은 그의 손길에서 번창했다. 초창기 일찍 시작으로 호황도 누렸다. 우리는 그의 보청기를 안 산 사람이 없다. 본인이 아니라 해도 부모님인 척 누구나 데려가면 그렇게 친절히 유용하게 설명하며 세심히 보살필 수가 없었다.

그에게 좀 반대되는 활달한 성격의 아내를 맞은 것도 그의 깊은 내심이 읽히는 터였다. 아내가 발이 넓어 부동산 투기 등으로 시내에 몇 개의 빌딩이 있느니 상가가 몇이니 소문도 무성했다. 아내가 고향에 가 자랑삼아 떠벌린 이유일 것이다. 그러나 그는 우리에게는 그런 말을 단 한번도 한 적이 없다.

요즘 와서 들리는 말은 아들에 관한 것이었다. 그 아들 놈은 어미를 닮았는지 애비 성질과는 달라 손도 크고 노는 것 좋아해서 이런 사업, 저런 사업 핑계로 재산을 절단냈다는 것이다.

그래 득기는 가족들과 별거하고 혼자 살았다고 했다. 그리보면 그의 노년도 이름과 달리 가정적으로나 경제적으로 그리 순탄하지만은 않은 것 같다.

"야, 저 새끼 저렇게 보내면 안 되는데. 혹시 염라대왕 앞에 가서도 안 듣기냐 하면 또 시끄러울 텐데."

"임마, 너는 그러니까 안 된다는 거야. 우리가 어리던 그 쌍팔년도 하고 지금이 같은 줄 알아. 지금은 디지털 시대야. 염라대왕 컴에 벌써 데이터가 업로드 됐을 것이다. 이런저런 안득기가 온다 하고. 이제는 데이터가 많아서 대면

거래는 없다는 거야 저승에서도."

"데이터 같은 소리하고 있네. 저거 봐."

"순흥 안공이라고 지방에 떡하니 써 있잖아. 잘봐. 임마 어디 득기라고 써있냐. 없잖아. 이제야 그 득기에서 빠져 나오네. 자랑스럽게 저걸 이마에 떡 붙이고 들어 가는데 누가 시비여 시비가."

우스운 이야기도 시무룩하게 들렸다. 그의 이름 얘기만 나오면 기를 쓰고 지어낸 말이라도 해야 성이 풀리던 우리 유년의 슬픈 삽화였는데… 비록 보잘 것 없는 유년이었으나 그의 이름 이야기는 우리의 유년의 빛나는 신화요 눈부신 화석이었다.

내가 그와의 마지막 통화 얘기를 했다.

놈이 '야, 지루해 죽겠는데 이렇게 얼마를 더 살아야 하는냐'고 물어 왔다고. 그런데 누구도 말 댓구가 없다. 좋은 세상 만나 구십년 백년 산다는데 이렇게 지루하게 산다면 무슨 행복이 있는 거냐고 묻더라.

"그렇지 그것도 좋은 일 일거야. 이렇게 아무 생각없이 후딱 가는 것도."

지루하게 살면서 이미 파한 운동회 뒤끝처럼 축 늘어져 싸온 것 다시 챙기고 억지로 다시 짊어져 보려하는 안타까움을 어찌 좋다고 말할 수 있을까.

자리에서 일어서며 어디가 한 잔 더 하자는 말도 있었으나 반응이 없었다.

이제 겨우 70을 넘겼는데 벌써 하늘이 부르는 걸 보면 모두가 다 득기처럼 언제가의 부름을 기다리는 처지였다.

묵묵히 영안실을 나섰다. 주차장으로 걸어가다 한 놈이 후닥닥 돌아서더니 먼저 가란다. 그려느니 했다. 무엇을 놓고 왔나. 차 속에서 약삭빠른 저 놈 아마 보청기 활부 장부 때문일거라 말했지만 아무도 웃지 않았다.

봄 비가 그친 4월. 바람에 흰 꽃잎이 눈처럼 날려 길이 하얗게 변했다.

장마를 위한 랩소디
— 정육식당 '풍경 한우'에서 듣는 칼의 노래

"지금도 사장님이 직접 칼을 잡는다구… 칼잡이 오래 하셨어요?"

"그럭저럭 한 40년 됐지. 그런데 꼭 칼잡이라고 해야 하나. 난 백정처럼 들리는데."

"그럼 아닌가요. 저는 조상 때부터 죽 해…."

"뭐라고?"

그가 눈을 꼿꼿이 세우고 한참 우릴 노려봤다. 순간 일동은 고개를 숙이고 조용해졌다.

그의 숨소리가 높아졌다. 꼭 쥐어지는 주먹이 보였다. 참는다.

"이봐, 그래도 우리 서로 예는 지켜야지. 그런 소리 함부로 하는 게 아니야. 나 이래뵈도 한양 조씨 양반이야, 양반."

비가 줄기차게 내린다. 며칠 째인가. 하늘이 구름으로 덮혀 도무지 밤낮 구분이 안된다.

유리창 밖으로 물보라가 피어오르고 나뭇잎들은 쏟아지는 물줄기를 견디지 못하고 죄인처럼 고개를 푹 숙인 채 체벌 중이다.

"잘 들어. 칼잡이는 예술가야. 누구나 할 수 있는 게 아냐. 뼈를 자르고 살을 베어내고, 끊고, 저미는 거. 그 거 아무나 못 해. 신령이 내려야 하지. 칼잡이는 뼈를 비집고 부드러운 살을 헤치며 죽은 놈들을 다시 살려놓지. 알아. 그래야 다른 생명이 살아갈 수 있어."

그가 고개를 들어 한참 동안 먼 산 뿌연 안개를 바라봤다. 눈이 몇 번 껌뻑거렸다.

등산은 틀렸다. 광교산 형제봉을 오르려다 폭우를 만나 잠시 피한다고 들른 등산로 입구 이 집. 고기집으로 이름난 곳이다. 그런데 벌써 몇 시간째 술타령 중이고.

술기운 탓인가, 손님이 끊긴 적막감 탓인가. 모두들 목소리만 높아지고 이야기는 끝도 없이 길어져 도저히 일어날 수가 없다. 그가 낮은 목소리로 말을 이었다.

"칼은 고기를 자르는 데만 쓰는 게 아니야. 잘못 쓰면 목숨이 왔다 갔다 해. 흉기가 되지. 칼 얘기 함부로 하지 마."

내가 소주 한 잔을 가득 따라 그에게 권했다. 그는 단숨에 들이켰다. 전주가 있었는지 그가 몹시 비틀거렸다. 그를 가슴으로 안았을 때 그의 독백 같은 중얼거림이 귀에 들렸다.

"칼! 칼 얘기라… 그래 어떻게 시작하지. 아마 여기부터 시작 되겠군."

밖이 더 어두워졌는지 실내등이 밝게 들어왔다.

"느닷없이 칼이 옆구리 쪽으로 들어왔어. 시퍼렇게 날선 회칼이었을 거야. 악! 죽는 줄 알았지."

갑자기 그가 벌떡 일어나 들고 있던 젓가락을 회칼 삼아 대련 자세를 취했다. 소주병 몇이 나딩굴었다.

"순간 허리를 굽힐 수 있는 만큼 굽혀서 겨우 칼날을 피했지. 그리고 있는 힘을 다해서 냅다 놈의 급소를 걸어 찼어. 녀석이 아이쿠 하면서 허리가 굽어지더군. 이 때를 놓칠 수 없다하고 손에 잡히는 무엇인가로 놈의 등짝을 사정없이 내려쳤지. 천운이었어.

나중에 알았는데 바로 옆에 있던 화분대였더군. 여하튼 갑작스레 당한 놈은 바닥에 엎어져 몇 번인가 허우적대더니 이내 뻗어버리더군.

어쩔 도리가 없었지. 그냥 냅다 튈 수밖에. 쪽문 한쪽에 쪼그리고 앉아 부들부들 떨고 있는 계집 머리채를 잡고 흔들었지. 그래도 성이 차지 않았어. 년의 벗겨진 허연 엉덩짝을 봤더니 더욱 참지 못하겠어서 방문 밖으로 머리채 내동댕이 쳤지.

그날 바로 거길 떴어. 미련? 뭐 그런게 있었겠나. 없었어.

그런데 가진 게 아무 것도 없었지. 옷가지도, 뭐 그럭저럭 모아 놓았던 푼돈이나 그년에게 바쳤던 금붙이들도 모두 그냥 놓아둔 채. 뭐라고? 아니지. 여하튼 내 잘못이 많았으니까.

계집이 원체 화냥끼가 없지는 않았지만 여하튼 남의 여편네 넘본 것은 나니까. 좀 미안한 생각도 들고.

이봐, 한 잔 더 해! 틀렸어. 하늘 쳐다봐도 소용 없어. 오늘 이 비 안 그쳐.

무엇이 어떻게 되긴 뭐가 어떻게 돼. 배운 게 그저 칼질 하는 거니까. 그동안 그 여편네 푸주간에서 일했었지. 기술도 좋으니 열심히 했어. 년이 무척 좋아 했지.

남편이라는 작자가 있는데 이 자가 반 병신이야. 어쩌다 그리 됐는지는 모르지만 한쪽 발을 찔뚝거리며 어딘가 하체가 몹시 부실해 보였어.

그런데 마누라 하나는 제법이었지. 얼굴이야 그 촌에서 미스코리아 날 것도 아니고, 그저 그랬어. 그런데 이게 몸매가 끝내주는 거야. 위보다 아래가. 아! 처음 내가 그년의 엉덩이를 깠을 때 나는 기절할 뻔했어.

하얀 달 항아리처럼 우람한 것이 음영이 확실하고 굴곡의 깊이가 설악산 백담사 계곡은 저리 가라였으니까. 한참 젊은 삼십대 초반이었으니 살살 꼬리치는 계집을 그냥 두었겠나.

이봐. 아직 날 모르지. 나 이방면으론 뚜루루한 사람이야. 뭐 변강쇠는 못 될망정 그 사촌쯤은 되지.

그런데 아뿔사! 잘 못 건드렸어. 그년은 옹녀 중에서도 상 옹녀야. 이게 한번 요분질을 치면 내 정강이가 남아나질 않고 정신마저 혼미해지는 거야.

그래도 주인 여자니까 있는 성의를 다 했지. 에이 쯧쯧… 그건 횟수가 중요한게 아니야.

자세히 말 할 건 없고. 그 천하의 옹녀가 하룻밤 몇 번씩 살려달라고 소리소리 쳤으니까.

허허 못 믿어도 헐 수 없고.

봐, 그런데 그게 오래 가겠어. 남편이 눈이 뒤집혀 어느 날 덮친 거지. 푸주간에서 쓰는 식칼을 들고 말이야. 시퍼렇게 날이 선. 그 것도 내가 세운.

알았어. 알았어. 한 잔 들고 천천히 하지. 아직 시간들은 있지. 들어주는 사람 없으면 얘기도 김이 빠져. 야, 무슨 비가 이렇게 끝도 없이 오냐. 정말로 징글징글 하구먼.

이래서야 어디 밥 먹고 살겠나. 비 아니라도 인건비 오르고 세금도 오르고 카드 수수료도 비싸. 그래도 걱정 안 해. 딸린 식구도 없으니까. 적게 벌면 적게 먹으면 되고. 배운 것도 아는 것도 없으니 돈 쓸 일도 별로 없고.

이봐, 내 그래서 아우님처럼 아우라도 괜찮지? 비 때문에 산에 못 가고 죽치고 술이나 푸든가 화투짝이나 두들기자는 손님 보면 정말 반가워.

그래 그래 어디까지 얘기했지. 그렇지 그렇지. 그날 년놈을 죽을 만치 패주고 야간 도주했지. 불알 두 쪽만 덜렁 차고.

그랬지. 서울에 와 보니 누가 기다려 주길 하나 아는 곳이 있나 아무 것도 없었지.

염천교 다리 밑 움막에서 며칠을 숨어 있다가 입에 풀칠은 해야 하니까. 어떡하겠어.

물어물어 노가다 판에 나갔지. 그저 소나 돼지 뼈나 추리고 살점이나 도륙하던 놈이 무얼 알겠어. 매이매일이 지옥이었지.

그런데 참 이상하지. 나는 말이여. 그냥 피라미 같은 숫처녀들은 여자로 보이지 않는 거여. 나는 서방 있는 년들만 여자로 보이는 거야. 그리고 장 항아리만한 엉덩짝을 씰룩씰룩거리고 다녀야 뭔가 아주 쪼끔 기별이 오는 거야. 이건 아마 병 중에서도 큰 병일거야.

여하튼 노가다 판을 떠돌다 보니 공사장 함바집 여편네들을 많이 보는데 이게 다 그렇고 그런 거야.

들었지. 생각해 봐. 옹녀 같은 년하고도 그랬는데 그 부실한 것들이 무슨 양이 차겠어. 그런데 길바닥 젖은 낙엽처럼 몇 년 떨어져 구르다 보니까 그것 참 이상하지.

이봐. 젊은 사람은 잘 모를 거여. 여자는 말이지, 옛 어른들이 일러준 말이 하나도 틀리지 않는데도. 졸지 마! 잘 들어! 다 약이 되는 거야.

계집 얼굴 반반하면 반 년쯤 데리고 살 만하고 손재주 좋아 바느질 잘 하고 수 잘 놓으면 한 3년쯤 데리고 살 만한

데, 요것 저것 음식 잘 하고 손맛이 있는 년은 평생 데리고 살고 싶다는 그 말.

뭐야 요즈음 그런 소리 하면 욕먹는다고. 그러면 소리 내서 말은 하지 말고 마음속에만 담아둬. 뭐 여자가 무슨 남자 종속물이냐고? 그래그래, 세상이 변해 이런 소리 안 들어 먹겠지만, 아우도 한번 생각해 보라고. 뭐니 뭐니 해도 사람은 먹는 것이 최고고. 그것도 요것 조것 정성껏 갖춰서 만들어 주는 손맛이 그만이지. 안 그런가?

이래저래 노가다 한 3년쯤 됐나. 단골로 다니던 함바집 아줌마. 이것이 국밥 끓이는 것도 그렇고 김치며 깍두기 뭐든 내놓는 반찬이 사람을 홀딱 잡는 거야. 줄창 그 집만 다녔지.

어쩌다 차려주는 순대국 한 사발에 탁주 한 잔 턱 놓고 돌아서는 그년의 방뎅이를 보고 있으면 이건 아주 삭신이 노곤노곤해 견딜 수가 없단 말이야. 눈치를 보니 불 때주는 기둥서방은 있긴 있는 모양인데 영 부실해 보여.

그렇지. 딱 오늘 같은 날일 거야. 비가 억수같이 퍼 붓는 날이었으니까.

일감도 없고 국밥시켜 먹고 화투짝 만지작거리며 노닥거렸지. 눈치를 챘는지 어쨌는지 불목쟁이를 뭐가 사러 내보내고 혼자가 되는 거야.

나 보란 듯이 창밖 쏟아지는 비를 물끄러미 바라보며 한숨을 푹 쉬기도 하고, 무슨 소린지 흥얼흥얼 입을 달싹거리기도 하고. 결심했지. 죽으면 한 번 죽지 두 번 죽나 하고.

바로 창밖을 내다보는 년을 단짝 들어다가 방석 위에 눕혔지. 그리고 무조건 치마를 얼굴에 뒤집어 씌웠어. 무슨 말인가 중얼거리기도 하고 몇 번인가 발버둥을 쳐 봤지만. 들었지. 나 이 방면 선수 아닌가. 더욱이 내 빳다는 4번 타자고. 어쨌겠어. 물어보나 마나지. 깜빡 갔지. 홈런이었으니까.

지가 어쩌겠어. 내 허리를 붙들고 울더만. 제발 저를 어디든 데려가 달라고.

그래 또 튀었냐고? 무슨. 그러면 재미없지. 매번 튀면 비겁하기도 하고. 이번은 안 그랬어.

놈을 칼을 들고 협박했지. 그리고 그 불목쟁이를 내 보냈어. 그동안 노가다로 모았던 돈을 모두 쥐어줬어. 맞아. 이제 뭘 좀 아는군. 그래 그래 맞아. 합법적으로 인수한 거지. 말 하자면 직원도 영업권도 통째로 인수 받은 거지.

그리고 함바집 그만두고 여기 성복동 광교산 자락으로

들어 왔어. 처음엔 선술집을 차렸지. 그런데 손님이 없어. 여러 번 때려치울까도 생각했지만 누가 뭐래도 나는 우리 마누라 손맛만은 믿었어. 단골이니까 잘 알겠지만 이만한 솜씨는 여기께는 없어.

내가 발 벗고 나섰지. 마누라 불쌍키도 하고. 또 이렇게 살 수는 없으니까. 내가 아는 게 소잡고 돼지 잡는 거니까. 세상에서 제일 좋은 고기만 골라 사들였지.

그리고 선술집 때려치우고 고기집을 냈어. 질 좋은 시골로 우려낸 국밥에 최고의 갈비를 내놨지. 야 광교산 등산객 입맛 이게 보통이 아니야. 그래도 여기에 승부를 걸었어.

소문이 바로 나더군. 맛 있다고. 그래 아예 내친 김에 정육점도 냈지. 아파트 동네 하고는 멀어서 그냥 정육점으로는 안 되지만 현장에서 직접 사서 구어 먹는 재미도 쏠쏠하고 야외 바베큐도 하니 아이들도 좋아하고. 대박 났지. 주말엔 자리가 없어.

예약도 며칠씩 기다려야 하고. 수입고기? 왜 바베큐는 그게 더 맛있어. 기름이 많으니까.

내가 프레미엄 플러스로만 가져오지. 나 못 따라 와. 고기는 귀신이니까.

비법? 그거 녹이는 데 기술이 있어야 해. 아무나 못 녹여.

정말 지독하네. 오늘은 글렀어. 이런 비는 처음이야.

으응, 이 장사 그럭저럭 한 30년 했어. 돈? 좀 벌었지. 다 소용 없어. 쓸 줄도 모르고 같이 써 줄 사람도 없고.

"왜 사모님은?"

"응, 좀 아퍼. 병원에 있지. 오래 됐어… 지지리 복도 없지 고생만 실컷 하고."

그가 손을 비벼대다가 재빨리 고개를 획 돌렸으나 붉어진 눈을 감추진 못 했다.

"그래 요즘도 그렇게 정력이 좋으세요?"

"무슨 소리여, 이 사람아. 세월에 장사 없어. 옛날 같지 않아. 그래서 마누라 눈치도 보고 아우처럼 잘 생긴 손님 오면 경계심도 생기고 그러지. 또 아남 옛날 나 같은 놈이 아직도 있을지 모르니까 항상 조심하지. 허허허."

빈 웃음이었다. 바람이 창문을 깨질 듯 치고 달아나더니 유리창 위로 폭포 같은 물이 쏟아져 내렸다. 쓸데없이 누군가가 진한 농을 던졌다.

"요즈음 4번 타자 빳다가 울겠네요. 사모님도 안계시면 이런 좋은 찬스가 어딨어요. 괜찮은 젊은 애 보이면 한번 더 치마 뒤집어 씌워 보세요. 애인이 있으셔야 오래 사십니다. 아시잖아요? 우리 금방 늙어요."

악! 소리와 함께 숟가락이 날아와 우리 등 뒤 벽을 맞고 튕겨 나갔다.

"인마, 그걸 말이라고 해. 무슨 이런 놈들이 다 있어. 의리는 개 코도 없는 자식들!"

벌떡 일어난 그가 금방 내리칠 듯이 주먹을 불끈 쥐었다. 순간 번개가 번쩍!

그의 불끈 쥔 주먹이 식칼처럼 번뜩거렸다. 가까운데서 귀가 먹먹하도록 하늘이 울었다.

제2부

변화하는 시대의 사회상

이름 없는 남자*

1

옛날 중국에서는 날이 저물어 캄캄해지면 사람을 알아볼 수가 없어서 그때 처음으로 누구누구는 '아무개'라고 이름을 지어 부르기 시작했다. 그러므로 글자도 저녁 석(夕) 아래 입 구(口)를 붙여 이름을 명(名)이라 했다.

이렇듯 명(名)은 원래 사람에게만 붙이는 것이었으나, 자연 법칙이 변하고 생활에 소용되는 사물이 많아지면서 자연히 이의 구분을 위해서 사물에까지도 이름을 붙이게 되었다.

그런데 이것이 밤에만 불려지게 되니 그 형상을 알아보기가 어려워 이름만으로는 사람과 사물의 구분이 흐미해져 분별이 어렵게 되고 말았다. 더욱이 이런 혼란을 악용한 도둑들이 사방에 들끓어 그 옛날도 사회적으로 큰 문제가 야기되기도 했다.

2

"이름이 뭐요?"

"없는데요."

"아니, 이름이 없어요. 호적상 이름 말고 그냥 쉽게 부르는 이름이라도 말해 봐요."

"이런 대낮에 부르는 이름은 없는데요."

"지금 누굴 놀리고 있는거요. 낮에 부르는 이름이 없다고?"

"네. 낮에는 한번도 불린 적이 없어서요. 있긴 있었을 텐데 없어졌어요."

"그럼 밤에 부르는 이름은 있어요?"

"그럼요. 밤에는 많아요. 12시까지는 '퀸스테이블 9번

멤버'라 부르고, 12시 넘으면 '3328'이라고 폰 끝자리로 불려요. 이상하게 생각하지 말아요. 대리운전에는 이게 꼭 필요하거든요. 에 에 그리고 또… PC 방에서는 '드루킹 2030'이라고 써요. 멋있죠? 무슨 뜻인 줄은 잘 몰라도 그냥 근사하지 않아요."

"아니 그런 것 말고 친구나 가족들이 부르는 거 말이오."

"뭐 친구는 밤에 만나고. 가끔 집에 가기는 하는데 일년에 한두 번요. 그런데 그냥 셋세째'라고 불러요. 별로 보고 싶지도 않을 테니까요."

"그럼 낮에는?"

"낮에는 쳐박혀 자야 하니까 피차 부를 일이 거의 없어요. 일이 많아 억지로 깨기 전에는…."

"그래 깰 때도 있어요?"

"그럼요, 한참 대목에는 밤낮이 없어요."

"대목? 그런 거에도 대목이 있어?"

"선거 때나 파업… 중 뭐 그런것 말고도 많아요. 너무 바쁘면 '킹크랩'이라도 불러야 돼요."

"'킹크랩'. 그거 비싼거 아냐. 그런 것도 먹어."

"하하. 그거 먹는 거 아니예요. 손님이 원하면 별수 없어요. 무조건 다 해줘야 되니까. 이런데서 원 그런것도 몰라서야… 쯧쯧."

그가 한심하다는 듯 혀를 끌끌 찼다. 대답은 대충대충 하면서 눈까풀이 내려앉는지 고개가 여러차례 꾸벅거렸다. 졸고 있는 것이 분명했다.

"이봐. 졸면 안돼! 당신 지금 무엇하고 있는지 알기는 알지. 여기가 어디야?"

"경찰서요. 나 지금 조사 받고 있는 거 아니예요."

"이봐, 그렇게 졸고 있으면 어떡해. 정신 똑바로 차려!"

그래도 그의 머리가 자꾸 흔들거린다. 정말 찬물을 확 부어 버릴까. 정신이 바짝 들게.

"그런데 당신 왜 그 여자 더듬었어. 당신 여자야?"

"아니요. 그 여자 분명 자고 있었어요. 난 깨어 있는지 정말 몰랐구요."

"자고 있으면 당신 여자야? 키스까지 했다면서. 그거 분명 성추행이야. 현장 고발됐어. 당신 크게 한번 혼나야 할 꺼야."

"그 여자 그리 좋은 여자 아니예요. 분명 덫을 놓고 기다리고 있었어요. 그 전에도 여러번 그랬는데 모른 척 해줬거든요. 그리고 나만 그런 게 아니예요. 봐요, 그 PC방 남자들 그 여자 잠들면 모두가 그랬어요. 누군지 들키지만 않으면 잘 모르잖아요. 그리고 모두가 같이 하면 더더욱 안심이구요. 그런데 왜 자꾸 나만 갖고 그래요?"

"그래서 이런데 쓰려고 이름을 없샌거야. 나쁜짓 하는 데 쓸려구."

"이름이 없다니요? 너무 많아서 걱정인데. 어떤 때는 저도 햇갈릴 때가 종종 있어요."

그는 수사관을 한심한 듯 쳐다봤다. 웃음을 실실 흘리며 다리 한쪽을 조금씩 떨기도 했다.

"이래봬도 나 환한 곳에서는 절대 나쁜짓 안 해요. 어둔 곳에서만 일을 하니까 이름들이 필요하구요. 보세요, 이런 땐 있는 것보다 오히려 없는 것이 낫지 않아요."

"…"

수사관 손이 움찔 하다가 순간 멈췄다.

지문 조사에서 그의 이름이 밝혀졌다. 나익명! 그의 본명이었다.

*제7회 스마트소설 '박인성문학상' 우수상 수상작품.

백수 명함

  원래 나는 선생이 아니어서 그 모임에는 정식 멤버가 아니었다.

  그런데 어쩌다 늘그막에 몇몇 대학 시간강사로 출강하다 보니 선생도 아닌 나를 그들이 선생으로 받아주며 참석을 권유해 왔다. 마음을 써주는 그들이 고맙기도 하고 심심하던 차에 잘됐다 싶어 그들 모임에 바로 합류했다. 처음에는 선생들은 대체 무슨 화제나 놀이를 하며 노나 궁금도 했고 호기심도 있었으나 얼마 못가 나는 곧 실망했다. 선생들도 여느 장삼이사와 하나도 다를 게 없었다. 그저 모이기만하면 시중 소문이나 떠들고 시기와 험담으로 동료

죽이기나 하는 것이 똑 같았다. 점점 흥미를 잃고 빠지는 날이 많아졌다.

그러던 중, 하루는 그들이 오랜만에 지방에 있는 회원들까지 상경하여 총회를 한다고 특별초청을 해왔다. 특별이라는 말에 거절을 못한 나는 부득불 그들 점심 모임에 참석해야 했다. 간단히 수인사를 나누고 오랜만에 만나는 사이라 가정사니 건강 이야기들이 오가고 세상 돌아가는 이야기 속에 반은 정치하는 사람들 욕이고 반은 옛날 직장 이야기들이니 나는 금방 시들해지고 관심도 없어져 멀찍이 떨어져 앉아 있는데, 그중 키가 작달막 하고 풍채도 조그마한데 큰 입으로 잘 웃어 몹시 헤프게 생겨 보이는 친구 하나가 나를 아는 체하며 다가왔다.

나는 동창이라도 그를 한번도 본 적이 없는 듯하고 더욱이 이름도 생각나지 않아 우물쭈물하며 몹시 계면쩍어했다.

"야, 너 소설 쓰는 백 아무개지? 너 나 몰라? 김 아무개."

그는 나를 잘 아는 듯 격의 없이 말했지만 미안하게도 나는 그를 알아보지 못했다. 나중에 알았는데 그와 나는 고교 시절 같은 반을 한 적도 있었고 그가 글을 제법 잘 써 학교 교지에 시가 실리기도 했었다는데 나는 전연 기억해 내지 못했다.

그는 시골 중학교 국어과목 평교사로 정년을 했다고 누 군가가 후에 일러 주었다.

어떻든, 그는 알아보지 못하는 내가 몹시 답답했던지 수 줍게 명함 하나를 꺼내 내밀었다.

평범한 백색 명함 위에 백수 김 아무개라 적혀 있었다. 그런데 그 백수라는 말이 내 눈과 신경을 몹시 거슬렸다.

백수, 이게 뭔가? 백수라니 백수가 무슨 벼슬이라고 이 름 앞에 떠억 붙여 놓았나. 아니면 무슨 아호라도 되나. 이 거 내가 지금 대단한 놈을 혹시 못 알아보는 것은 아닌지. 나는 어리둥절하여 그 친구의 얼굴을 한동안 멍하니 쳐다 보고 있었다. 그럴 줄 알았다는 듯 큰 입이 빙그레 펴져 얼 굴 전체로 번지며 차근차근 들려준 그 친구 대답은 심오했 다.

그래 나는 백수다.
학교 퇴직 후 하는 일도 없는데 누구를 만나면 으레
"요즘 뭐하며 지내십니까?"

하고 물어오면 그냥 놀고 먹는다 하기도 뭐하고 그렇다고 가만 있기도 싫어서 입막음용 명함을 하나 팠단다.

놀고 먹고 있으니 백수*라고 파야 하나, 한 백살 까지는 살아야 겠으니 백수**라고 파야 하나 고민하다가 생각난 것이 그냥 백수란다.

백수! 얼마나 좋은가. 백수 같은 사람!

자네 그 뜻이나 아는가. 아니 잘 모를 걸세.

백수는 뭐 별것도 아니지 그냥 맹물이야 맹물.

방금 지하 몇 미터 혹은 약수터 돌 틈에서 솟아난 그저 우리가 먹는 맑은 물.

아무 간도 없고 아무 향도 없고 뜨겁지도 차지도 않은 그 심심한 샘물. 아니 아니 요즘은 어디서나 콸콸 쏟아지는 수돗물이지, 그 흔한 수돗물.

누구한테나 폐 되는 일 없이 그저 있는 것인지 없는 것인지 아무도 모르게 맹물처럼만 살 수 있다면 오죽이나 좋겠나. 그래 그렇다면 일도 없는데 내가 맹물 한번 돼봐야겠다 결심했지. 까짓 아무리 세상이 뭐같아도 이놈 맹물되는 것이야 누가 탓하겠나. 나는 큰 맘 먹고 맹물이 돼보기로 했지. 물처럼 낮은 데 처하기 위해 우선 오체투지부터 시작했었어.

그러나 여보게 맹물 되기가 그리 쉬운 게 아니더라고. 간도 빼놓고 쓸개도 빼놓고 가끔은 눈도 감고 귀도 막고 입도 닫아야 그나마 맹물 노릇할 수 있는 것일 텐데. 더욱이 때리면 맞고 밟으면 소리없이 밟혀야 맹물이 될 수 있는 거라는데, 보시게 십 년 묵은 계룡산 도사님이나 감옥소에 앉아 있는 나라님도 어디 맹물 되기가 그리 쉽겠는가? 허허 나는 아직 멀었네 멀었어.

어떤가, 자네도 백수 아무개 한번 돼보시지 않겠는가? 많은 공부와 수양이 필요할 걸세. 그리 만만한 일이 아니여.

오죽하면 돌아가신 우리 어머니가 달 휘영청 밝으면 장독대 위에 정한 백수 한 사발 떠놓고 이놈 백수처럼 살라고 싹싹 빌으셨겠는가. 자네도 백수 한 번 되어 보시게. 되기만 하면 살기는 편하이. 편히 살면 까짓 백수 못 살겠는가 백수!

이렇게 말하며 천진하게 웃고 있는 그 친구의 손에 하얀 백수가 가득 담긴 유리잔 하나가 들려 있었다.

모임 끝내고 그와 헤어져 돌아오는 지하철 안에서 다시

꺼내 본 그의 명함에는 아주 작은 글씨로 괄호안에 백수(白手)라 적혀 있었다.

그는 어떻게 그렇게 향기 높은 벼슬을 가질 수 있었을까?

*백수(白手): 놀고 먹는 건달.
**백수(百壽): 수명 100세.

기이한 동행

북악산 기슭. 작은 소로 옆 버스 정류장.

밤새 내린 비로 산은 안개가 가득했고 아직도 젖은 길 이 곳저곳 물웅덩이가 남아 질퍽거렸다. 키 큰 소나무에서 떨 어진 물방울이 투명 지붕에 피아노 소리를 만들며 사라졌 다.

한쪽 유리벽에 기대 정물처럼 앉아 있는 한 사람. 내려온 것인가 아니면 이제 오르려는 것인가. 노란끈 등산화, 검 은 파커, 그리고 등에 지고 있는 배낭까지 온통 검은색. 무 테 안경을 제외하면 그는 완벽한 등산복 차림이었다. 피곤 한 얼굴에 핸드폰을 만지작거리며 이따금 먼 곳을 응시하는 것이 버스를 기다리고 있는 게 틀림없다.

　오른쪽 멀리 짙은 안개 속에서 걸어오는 또 한 사람. 작은 키에 체격도 왜소하여 구름 속 새처럼 흐미하게 보였다. 그러나 그가 가까이 왔을 때 깜짝 놀랐다. 깡마른 얼굴에 비행사같이 큰 고글을 쓰고 색 바랜 군복에 군화를 신고 있었는데 걸을 때마다 고글이 번쩍거려 마치 야전 짚차헤드 라이트 같이 번뜩였다. 백발이 눈부신 노인이었다.

　노인은 정류장까지 숨을 헐떡이며 겨우 걸어왔다. 그리고 쓰러지듯 나무의자에 주저앉았다. 먼저 목줄처럼 늘어뜨린 수류탄 두 개를 얼른 풀어 옆에 놓는다. 등산복 차림이 깜짝 놀라 저만큼 비켜 앉았다. 노인은 웃으며 손을 내저었다.

　"걱정 마시오. 안 터져. 이건 그냥 모형이야, 장난감. 내가 평생 족쇄처럼 달고 다니지."

　그러나 등산복 차림은 멀리 떨어진 채 아직도 공포에 떨고 있다. 잠시 숨을 돌리고 노인은 혼자말로 투덜댔다.

　"녀석들 이왕 데려다줄 거면 정류장 바로 앞까지 데려다주지. 이젠 요것도 걷기에 힘이 부쳐. 나쁜 놈들! 목숨 나눈 전우 알기를 뭐 같이…."

　노인은 좀 성이 난 듯 했으나 별로 심각해 보이지는 않았다. 노인은 그제야 등산복 차림이 생각난 듯 한참동안 그를 쳐다보았다. 등산복 차림은 이제 미동도 없다.

"뭐야 젊은이! 사람을 보면 좀 아는 체를 해봐. 더욱이 이런 인적 없는 첩첩산중에서야."

그러나 등산복 차림은 그를 쳐다보려고도 않는다. 이제 둘은 나란히 앉아 입을 꼭 다문 채 뭉실뭉실 피워오르는 안개를 물끄러미 바라보고 있다. 짙은 안개 속에 잠겨 우뚝 솟아있는 북악! 참 아름답다. 선경(仙境)이 따로 없다. 얼마 후 답답했던지 노인이 먼저 입을 열었다.

"이봐, 전문 등산가 같지는 않은데 이 새벽 여기는 웬일이요? 지금 오르시는 건가 아니면 내려오신 건가?"

깊은 생각에 잠겨있는 그의 얼굴을 이리저리 살핀다. 등산복 차림은 귀찮다는 듯 대꾸했다.

"내려온 겁니다. 근데 다리가 좀 삐끗해서 움직일 수가 없어요."

"쯔쯧, 안됐군. 항상 올라가기보다 내려오기가 몇 배는 어렵지. 나이 먹으면 더 그래. 좀 조심하시지. 어때 이제 걸을 수는 있으신가?"

대답이 아예 없다. 다시 긴 한숨이 이어지고 구름이 몇 구비 흘러간 뒤에야,

"그런데 여기 버스가 다니기는 하는가? 원 이런 곳에 버스가 올 것 같지도 않구먼. 어디 한번 알아봐 줄 수 있겠오?"

그래도 등산복 차림은 말이 없다. 다만 아직도 그의 손에는 검은색 아이폰이 들려져 있고 언제부터 얼마나 꼭 쥐고 있었는지 땀으로 범벅이다. 그걸 본 노인이 다구친다.

"그 핸드폰 무어에 쓸거야. 이럴 때 써야지. 한번 물어보셔. 언제쯤 버스가 오는지."

"소용 없어요. 여기서는 어차피 알아도 그저 기다리는 수밖에는 다른 수가 없잖아요."

"허긴 그래. 어쩌겠나. 내려갈 수도 올라갈 수도 없고. 그래도 오는지 안 오는지는 알아야지. 다시 또 엉뚱한 길로 가면 안 되니까."

순간 등산복 차림의 얼굴에 어둔 그늘이 졌다. 그리고 갑자기 고개가 푹 꺾어졌다.

"그런데 이상합니다. 이 아이폰을 못 열겠어요. 매일 쓰던 비밀번호가 생각나지 않아서. 벌써 며칠 됐습니다. 어르신, 이게 웬일일까요?"

"못 열어? 비밀번호를 잊었어. 아직 젊은데 안 됐네 그려. 쯔쯧 이제보니 버스는 고사하고 그 핸드폰이 문제였구만. 자네 인생이 여기에 다 들어 있다고? 좋은 것 나쁜 것 다. 큰 일이네."

"네, 큰 일입니다. 엊그제까지도 마음대로 쓰고 지우고 했는데 왜 안 될까요? 거기 꼭 지워야 할 것이 많아요. 제가 가끔 사람이 아닐 때가 있었거든요. 죽어서라도 사람이 돼야 하는데…."

등산복 차림은 몹시 비통한 듯 당황한 목소리로 소리쳤다.

"어쩌겠나. 그냥 놔두게. 버스 타고 훌쩍 떠나면 그만이지. 또 오늘 못 가면 내일 가고. 어차피 시간은 정지됐지 않나. 그래 젊은이는 어디까지 가나?"

등산복은 잠시 먼 산을 바라보고 나서 고개를 돌려 마주보며 처음으로 엷게 웃었다.

"글쎄요. 생각 중입니다. 일하던 시청에 잠깐 들렸다가 저 남쪽으로 한번 내려가 볼까합니다."

"남쪽이라. 하하 어쨌든 동행일세 그려. 나도 저 남쪽 다부동*이나 들려볼까 하지. 모두가 반가워 할꺼야. 이상해. 나는 평생 거기 '다' 소리만 들어도 눈물이 펑펑 났으니까."

"네 저는 창녕으로 갈겁니다. 거기 어머니가 계시지요.

어릴 적 달리다 넘어져 피 흘릴 때면 호호 불어주시던 그 따뜻한 입김이 생각나서요."

아침 햇살에 안개가 걷히고 저 멀리 산 아래 버스가 가물 가물 보였다. 둘은 조용히 일어섰다.

등 뒤에서 등산복차림이 수류탄 줄을 목에 거는 노인을 보고 말했다.

"무겁지 않으세요? 여기다 버리고 가시지요. 그런 것 가 져다 어디다 쓰겠습니까."

"버려? 그럴 수 있었으면 벌써 벗어 던졌지. 이건 죽어도 못 버리는 낙인 같은 것이여 몸에 찍힌."

노인은 체념한 듯 두 손으로 일황(日皇) 문신을 감싸쥐며 지그시 등산복차림의 눈을 바라본다.

"걱정 됩니다. 저는 놓고 가는 것이 너무 많습니다. 치우 고 가야 하는데… 영원히 못쓸 놈이 됐습니다."

"잊세 잊어. 어쩌겠나. 내 무거운 이 수류탄이나 지우지 못한 자네 핸드폰이나 아마 영영 잊지도 벗어나지도 못할 걸세. 어떤가? 이것도 인연인데 자리 잡으면 대전으로 한 번 놀러 오시지 않겠나."

"대전 현충원? 기쁘시겠습니다."

"뭘 부끄럽게, 자네는?"

"제손으로 죽은 놈이 어딘들 가겠습니까? 보통 사람처럼 갈 수만 있어도…"

"금방 잊혀. 잊혀지면 슬쩍 끼워들게. 아무도 모르게 어리석은 저들이니."

온통 노란 꽃으로 장식된 길이가 긴 버스가 그들 앞에 섰다. 버스는 구름 행이었다.

*경북 칠산의 6·25 최대 격전지.

뽀로로 놀이

"…인간적인 얘기를 하셔야 합니다. 정치나 군사 관련 주제는 아예 꺼내지도 마십시오."

실장은 'Moon's Sonata 플랜A' 브리핑을 마치며 의식적으로 심각한 분위기를 피하려는 듯 함빡 미소까지 지으며 이렇게 끝말을 맺었다.

"정치, 군사 얘기는 하지 마라. 그게 무슨 소리야. 얼마나 어렵게 만든 자리인데. 그걸 안 할 거면 그럼 무엇 하러 만나. 생각해 봐. 어렵게 만나서 비핵화니 핵포기니 그런 소리 안해 봐. 가만히들 있겠어. 아마 벌떼같이 달겨들겠지. 그런데도 인간적인 한가한 소리나 하라고. 그래 지금 정신들이 있어 없어."

달님이 얼굴을 붉히며 소리를 높였다. 좀처럼 없던 모습이고 흥분이었다. 그만큼 그가 이 일에 대해 받는 압박감과 부담감이 어떠한지를 잘 보여주고 있었다. 실장이 난처한 듯 앉지도 못하고 엉거주춤 선 채로 뒤에 서 있는 T행정관을 바라보았다. 긴 머리가 얼굴을 반쯤 가려 표정은 알 수 없었으나 굵고 건조한 그의 목소리가 조금은 강압적으로 들렸다.

"플랜 A에서 보고 드린대로 정치적인 것은 공식회담에서만 언급하시고 어차피 여기 산책길은 그냥 보여주기 위한 그림으로 필요한 것입니다. 그런 심각한 얘기는 안 하시는 게 좋습니다. 그러다 혹시 언쟁이라도 생기면 정말 감당하기 어렵게 될 수도 있습니다."

"그래서….'

"예를 들면 주변 경치 얘기나 날씨, 뭐 그가 좋아하는 농구, 가족 신변 얘기로 시작해 보시지요. 그리고 우선 그림이 좋아야 하니까 자주 스킨 십도 하시고 제스처도 크게 써 주십시오."

"나를 무슨 배우로 만들 작정이야. 그림이 필요하다면 무어가 30분씩이나 필요해 5분이면 되겠다. 그리고 그 친

구하고 나하고 지금 그런 얘기 할 수 있는 군번이야. 아니
잖아. 그 친구 이제 고작 30 초반이야. 아들로 쳐도 둘째쯤
이나 될까 말까. 그런데 무슨 신변잡기를 30분씩이나 떠들
라고. 이거 바쁘다고 모두 정신이 어떻게 된 거 아니야."

달님의 불만이 이만저만이 아니지만 T행정관은 전연 개
의치 않는다. 눈 하나 꿈쩍 않고 냉정하게 말을 이었다.

"부드러워지셔야 합니다. 가장 믿음직한 얼굴로, 가장
인자한 말씀으로 그의 가슴에 깊은 감동이 깃들도록 만드
셔야 합니다."

그리고 그는 준비해온 물건을 슬그머니 책상에 올려 놓
았다.

"뭐야 이게?"

"내일 갖고 가십시오. 요긴하게 쓰일 데가 있을 것입니
다."

2018년 4월 26일. 판문점 그 역사적 회담의 전야가 이
렇게 서서히 저물어 갔다. 북악산 위로 하얀 반달이 떠올
랐다.

기념식수가 끝났다. 53년생 소나무 한 그루를 심었다.

가져온 제주도 흙과 백두산 흙을 섞어 묻었다. 그리고 한

강과 대동강 물을 합수하여 뿌렸다. 아마 오래오래 하나된 마음의 상징으로 잘 자라 주리라.

오늘따라 위원장에게서 장갑을 받아챙기는 여동생의 얼굴이 몹시 피곤해 보인다. 유난히 배도 더 불러 보이고.

우리의 달과 해는 산책을 위해 드디어 *도보다리로 나아갔다. 통역도 필요없이 어깨를 나란히 걷는 두 정상의 모습이 영화의 한 장면처럼 정겹다.

신록의 4월. 엷은 초록빛을 배경으로 눈부신 햇살이 쏟아져 내려 코발트빛 다리가 하늘에 걸려있는 듯 아름답다. 바람도 얼굴을 간지럽힌다. 카메라만 없다면 그저 펄쩍펄쩍 뛰어놀고 싶은 아늑한 고향 봄볕이다. 아아 아름다운 곳! 이곳이 피맺힌 전쟁의 상흔이 상기도 남아있는 적군과 아군의 70년 대치 장소란 말인가. 실감이 나지 않는다. 말을 잃은 둘은 한참을 묵묵히 걸었다.

가슴이 맞닿을 만큼 가까워 곁에서 듣는 위원장 숨소리가 크고 거칠다.

까짓 50미터인데, 그 정도는 문제 없겠지. 뚜벅거리는 그의 발자욱 소리에 신경이 몹시 쓰인다.

다리 초입에 올라섰을 때 어디선가 '푸드득' 소리와 함께 나무가지가 크게 흔들렸다. 깜짝 놀라 가슴이 철렁했다. 얼른 덩치큰 위원장 등 뒤로 몸을 숨겼다. 위원장이 껄껄 웃으며 뒤돌아 손을 덥썩 잡았다.

"생각보다 겁이 많으시네요. 미사일인 줄 아셨습니까? 별 것 아닙니다. 걱정 안하셔도 됩니다. 하하 꿩이 날아 갔어요. 장끼 같은데 제법 큰 놈입니다."

그가 웃으면 잡은 손을 슬며시 놓아 주었다. 손길이 여자처럼 부드럽다.

"그랬군. 꿩이었어… 여하튼 매사에 철저히 대비해야 합니다. 항상 긴장 놓지 마시고."

둘은 다정하게 어깨를 맞대고 다리 중간쯤으로 들어섰다. 보폭이 작은 위원장을 위해서 달님은 보조를 맞추려 일부러 걸음을 늦춰 걸었다. 순간 다리에서 삐걱거리는 마찰음과 함께 미세한 흔들림 같은 것이 느껴졌다. 설마 무너지는 것은 아닐 테지…, 위원장 얼굴을 다시 보며 그의 큰 체구가 몹시 걱정이 되었다.

"위원장, 체중이 얼마나 나갑니까? 한 150k쯤 되나. 좀 과체중인 것 같아요."

"예, 130k쯤 나가지요. 물론이지요. 좀이 아니고 많이 과체중입니다."

"그럼 좀 줄이는 게 좋아요. 앞으로 큰 일 하려면 건강부터 챙겨야지."

"주위에서 당분간은 큰 체구가 필요하다고 하도 그래서… 그렇잖아도 요즘은 마누라 채근이 여간 심한 게 아닙니다. 이젠 줄이라고, 줄이지 않으면 죽는다고. 누가 당신 생각해서 그런 줄 아느냐고 우리 자식들 생각해서 그런다고. 전들 왜 모르겠어요. 다 알죠. 뒤룩뒤룩 살 많이 찐 것, 그것이 무슨 자랑거리이겠어요. 자살행위지."

"다이어트를 해 봐요. 음식 조절도 하고 운동도 함께하면 더 좋을 텐데. 농구를 좋아 한다면서요?"

"예, 어릴 때 농구가 좋았어요. 이상하게 들리겠지만 저는 민첩함을 좋아합니다. 농구의 승패는 순간의 빠른 속공이나 강력한 억압수비가 좌우하겠지만 가끔 '헛 모션'도 매우 중요하지요. 왜 보셨지요? 줄까 말까, 던질까 말까 하는 속임 동작 말씀예요. 저는 이게 정말 재미 있습니다. 이 재미로 농구를 했지요. 지금은 안 합니다. 옛날 유학시절 생각이 나면 가끔 보러는 다닙니다. 이젠 이 몸으로 직접 하기는 틀렸으니까요."

그가 얼른 고개를 돌려 외면했다. 이윽고 한숨 소리가 길게 새어 나왔다. 언뜻, T행정관 말이 떠올라 다시 긴장했다.

— 신변잡기 얘기도 하시고, 가족 얘기도 하시고, 되도록 인간적인 얘기를 하셔야 합니다. 그리고 많이 웃으셔야 합니다. 멀리서 줌으로 잡으면 표정과 입모양으로 무슨 말을 하는지 다 알 수 있습니다. 아주 조심하셔야 합니다. 절대로 웃고 또 웃으셔야 합니다. 그리고 제스처를 아주 크게 써 주십시오. 다소 과장되어 연극 배우처럼 보일지라도. 진지한 척, 솔직한 척, 어쨌든 그를 감동 시키기도 해야겠지만 TV보는 사람들을 위해서는…. —

"위원장은 아직 40이 안 됐지요? 좋겠습니다. 앞일이 탄탄해서. 나는 벌써 내일 모레 70입니다. 세월 참 빠릅니다. 어영부영. 어찌 시간은 이리도 빨리 흘러가는지. 벌써 취임 2년째예요."

"…."

아무 대답이 없다. 그는 걷던 길을 멈추고 다리 난간을 잡고 서서 흰 구름이 흘러가는 먼 하늘을 하염없이 바라보고 있다. 깊은 눈에 눈길이 멀다.

"부인 잘 계시지요? 같이 오셨으면 좋았을 텐데."

"아마 저녁엔 올 겁니다. 그 사람도 이것저것 바빠서요. 애들 치닥거리가 만만치 않습니다."

"아아 애들이 벌써 셋이라면서요. 하나도 힘드는데 셋이면 정말 정신이 없겠네."

쿵쿵 가슴이 벌렁거렸다. 무언가?

갑자기. 주머니 속에서 핸드폰이 몸부림쳤다.

"이런 때 웬 전화가… 미안합니다."

계면쩍은 듯 고개를 숙인 달님이 전화를 꺼내 들었다. 하늘로 해맑은 아이들 노래소리가 울려 퍼졌다.

랄 랄라라라 랄랄라라라
랄 랄라라라 랄랄라라라
랄라라 랄라라 랄랄라라 랄라

우리는 사이좋은 친구랍니다
때로는 다투고 토라져도
언제나 서로 돕고 언제나 이해하는
우리는 사이좋은 친구랍니다
랄랄라라 랄라라라

"오, 민이구나. 그래 지금 할아버지는 먼데 있어요. 그래서 오래 전화를 할 수 없어요. 그래 그래 안다구. 텔레비전에서 할아비를 봤어. 뭐라고 파이팅이라고. 그럼 그럼 할아버지 파이팅이지. 고맙다 고마워. 우리 민이가 전화를 해줘서."

전화를 끊고 달님은 수줍은 듯 부끄러워 했으나 입가에 번진 미소는 지워질 줄 몰랐다.

"손자 놈이요. 할아버지 파이팅이라는데. 요즘 아이들 참 영악해요. 물론 귀엽기도 하고. 딸애가 일찍 시집가서 외손주가 벌써 8살이예요. 핸드폰으로 문자도 보내오고 영상통화도 하고 못 하는 것이 없어요. 물론 게임도 얼마나 잘 하는지 제 엄마가 말리느라 정신이 없어요. 나는 그냥 놓아두라고 그러지. 애들은 어차피 지금과는 다른 세상에서 살 건데, 안 그래요. 위원장 애들은 어때요?"

"애들은 다 똑 같지요. 우리 애들도 매일 인터넷 만화에, 게임에 빠져있어요. 우리는 아직 아이들까지는 핸드폰이 없으니까 그렇지만… 어디 어른들 힘으로 막을 수 있겠어요. 저도 큰 놈이 벌써 7살입니다. 그 밑으로 5살, 3살 그렇게 줄줄이 있지요."

"잘 하셨네. 형제가 많아야 좋아요. 할아버지가 계셨으면 무척 좋아 하실 텐데. 할아버지 돌아가신 지 10년은 됐지요? 그 양반 고생이 많았지. 그러나 누구보다도 우리 위원장 고생이 제일 많았을 거요. 젊은 나이에 이만큼 휘어잡은 솜씨가 존경스러워요. 그러나 이제는 좀 천천히 갑시다. 가끔 좌우도 돌아보고. 저기 보세요! 하늘이 좀 푸릅니까. 얼마나 좋습니까. 가끔 높은 하늘도 쳐다보고 저렇게 아름다운 나무들 초록잎도 바라보고."

달님은 놓칠새라 얼른 팔을 들어 하늘을 가리켰다. 큰 제스쳐를 할 찬스였다. 피식 웃음이 났다.

"옳은 말씀입니다. 저도 요즘 자주 듣는 말입니다."

"그래요. 나 말고 또 누가 그런 말을 합디까?"

"누구겠어요. 우리 공화국에서는 제 눈치보느라 아무도 감히 그런 말 못 합니다. 그런데 그런말 하는 사람이 꼭 한 사람 있지요."

"그거 재미있군. 그게 누구요?"

"아마 잘 아실 겁니다. 그 사람이 달님을 한번 보고 완전히 반해 버렸어요. 괜스리 그 애를 남한 올림픽에 보내 내가 큰 낭패를 보지 않나 걱정도 많이 했으니까요. 누구겠어요. 제 동생 여정 동무지."

"아 그 동생. 이쁘기도 하고 예의도 바르고. 허허 그리고 일을 빈틈없이 하는 걸 보고 모두가 감탄했어요. 훌륭한 동생을 두어 정말 좋으시겠어."

다리 끝, 조금 넓어 작은 탁자가 놓여 있는 쉼터에 앉자마자 손을 흔들어 카메라 기자들을 돌려 보내고 나서 위원장은 긴 한숨과 함께 깊은 속말을 끄집어냈다.

"여정이 그 애가 남쪽 올림픽에 다녀온 후 시름시름 앓기 시작했어요. 뱃 속에 애가 산달이 가까오기도 했으니 제가 걱정이 몹시 됐지요. 아내를 보내 위문도 하고 주치의를 보내 치료를 잘 해주라 당부도 했으나 좀처럼 차도가 없는 거예요. 임신 중이라 부작용이 무서워 약을 못 쓴다는 의사 말을 듣고 약보다는 안정을 위한 심리치료가 오히려 좋겠다는 생각도 들어 조용한 곳에 가서 쉬라고 제 별장까지 내어주기도 했지요. 그러던 어느날인가 늦은 밤에 그 애가 갑자기 저를 찾아왔어요. 그런 일은 불가능하거든요. 제 침소를 아는 사람도 없지만 출입도 제한되어 아무리 동생이라 해도 심야방문은 좀처럼 어렵습니다. 그런데 그 애가 찾아 왔어요. 화장도 안한 부석부석한 얼굴로 머리는 질끈 한가닥으로 묶은 채 부른 배를 두 손으로 꼭 감싸안고 소파에 앉아있는 거예요. 저는 그런 동생을 처음 보았지요. 깜짝 놀라 무슨 일이냐 물어도 말없이 눈물만 흘리고 있는 거예요. 처음에는 버럭 소리를 질렀지요. 혹시 매부 이 자식이 무슨 바람이라도 피웠나, 만일 그렇다면 정말 가만 두지 않겠다고 다그쳤지요. 그랬더니 그게 아니래요."

위원장은 손에 들고 있던 담배를 한모금 길게 빨았다. 다시 내품는 연기가 푸른 하늘과 나뭇잎의 엷은 초록에 덧씌워져 묘한 색깔을 만들어냈다가 허공으로 사라졌다.

"그런데 그 애가 한 말이 무엇인 줄 아세요. '오라버니, 우리 이렇게 살지 맙시다. 이게 어디 사는 겁니까.' 이러는 거예요. 그 애의 이 말이 제 오장육부를 갈갈이 찢어 놓았지요. 아까도 말씀 드렸지만 제가 여기까지 어떻게 왔습니까. 아시잖습니까. 핏줄도 죽이고 모든 걸 다 버리며 오직 미 제국주의 원쑤들로부터 인민과 공화국을 지키기 위해 혼신을 다 해 버텨왔잖습니까. 그런데 그렇게 살지 말자니. 나는 어쩌면 동생 하나를 또 잃어야 될 지도 모른다는 공포로 온몸이 떨려 왔습니다. 그 애가 눈물이 그렁그렁한 눈을 들어 나를 뚫어져라 쳐다 봤습니다. 그리고 들릴듯 말듯 작은 소리지만 결연에 차 말했습니다.

'오라버니 남한이 잘 산다 못 산다 그런 말은 하고 싶지도 않고 내 자존심도 허락하지 않습니다. 그런데 뱃 속의 애가 발로 차고 세상에 나올 때가 다가오니 참을 수가 없어요. 내가 낳은 이 애가 또 나처럼 살아야 한다면 마치 새장에 갇힌 새 처럼, 발목 묶인 고양이처럼, 이 좋은 세상을 모른 채 수인처럼 살아야 한다면, 나는 어미로서 무엇이라도 해야한다고 결심했어요. 오라버니, 제발 애들은 새로운 세상에서 살게 해 줍시다. 저들이 원하는 곳 어디든 갈 수 있고, 무엇이든 할 수 있는 자유로운 나라, 전쟁이란 말조차 없는 평화로운 그런 나라에서 살 수 있도록⋯.'

동생이 얼굴을 두 손으로 감싸고 울음을 터트렸을 때 나는 아무 말도 못 했습니다. 그렇지요. 미국과 싸워 공멸한다 해도 그래 내 애들과 어린 조카가 무슨 죄가 있습니까. 아마 산일이 가까워 생기는 불안심리일 거라며 등을 두드려 돌려 보내고 그날밤 나는 한잠도 못 잤습니다. 그리고 양손에 핵무기와 미사일을 틀어쥐고 괴물처럼 웃고 있는 인터넷 속 내 악마 같은 모습이 떠올라 밤새 괴로워했습니다."

그리고 위원장은 고개를 떨구고 한동안 침묵했다. 이윽고 어두운 표정으로 독백하듯 내 뱉었다.

"잘 모르겠습니다. 삼촌 같은 달님을 만나 혹시 아이들이 평화롭게 살 수 있는 새 세상이 올 수도 있겠다는 생각도 안 해본 것은 아니나 솔직히 아직 잘 모르겠습니다. 정말 모르겠습니다."

위원장의 긴 얘기가 끝났을 때 숲속에서 장끼 한 마리가 다시 푸른 창공으로 솟구쳐 올랐다. 뒤따라 암놈인가 새끼인가 또 한 마리가 따라 솟구쳤다. 그리고 나란히 푸른 창공을 넘어 어디론가 사라졌다.

"위원장 내가 드릴 것이 있어요."

그는 주머니를 뒤져 겨우 찾아낸 작은 USB 하나를 여자같이 부드러운 그의 손에 꼭 쥐어 주었다.

"뭡니까?"

"가서 애들에게 주세요. 이것은 아이들이 나보다 더 높은 사람으로 부르는 '뽀통령'입니다. 제6기가 나왔어요. 아직 발표가 안 된 '뉴 버전'입니다. 가서 새로 생길 조카에게도 주세요. 그리고 가족이 모두 모여 한번 보세요. 아빠도 엄마도 고모도 아이들과 함께 노래를 따라 부르며 즐겁게 박수도 치면서. 위원장, 애들에게 이것보다 더 좋은 아버지 선물이 있겠습니까?"

빙그레 웃으며 그가 받았다. 그리고 나란히 도보다리를 되돌아 걸었다. 바람이 바뀌었는지 싱그런 남풍이 불어왔다. 포근했다. 발걸음을 옮기며 달님은 이제 30분이면 얼마든지 역사도 바뀔 수 있다고 확신했다. 만일 모두가 '뽀로로' 영상을 같이 보고 박수치며 함께 노래를 부를 수만 있다면….

USB에 대한 관심이 폭발적이었다. 외신의 질문이 온통 여기 집중되었다. 결국 청와대는 북에 건넨 그 USB에는 오래 연구한 대북 경제개발 지원계획이 담겨있다고 발표 했다. 아주 단호하게.

*판문점 군사정전위원회 회의실 건물과 그 동쪽에 있는 중립국감독위원회 캠프 사이를 연결하는 습지 위 50m의 나무다리. 남북정상의 4.27 산책회담으로 유명.

권력과 폭력 사이

"우 상경 찾으세요. 올라가 보세요."

수화기를 내려놓으며 홍 순경이 말했다. 물어 볼 것도 없다.

9층 지휘부로 올라갔다. L차장은 얼굴이 완전 죽을 상이다.

"무슨 특별 대우를 했다는 거야. 어떤 놈인지 내부 협조자가 있어. 그렇지 않으면 이런 걸 어떻게 알았겠어. 정말 미치겠다. 이러다가 기어이 무슨 일이 나지. 야! 우 상경. 너 조심해. 매사 입 조심해. 그냥 죽었습니다 하고 며칠 자빠져 있어. 영내 대기해. 알았지?"

나는 대답도 하지 않고 뒤돌아 나왔다. 일은 저희들이 저질러 놓고 나를 들들 볶아대는 것이 영 못 마땅했다. 이 참에 무슨 일을 한번 저질러볼까 진짜!

'일년에 외박 59일, 외출 85회, 휴가 10일, 복무 중 1/3이 외출, 외박. 경찰 W수석 아들에 특별 대우'

오늘 모 조간 신문의 헤드라인이다. 그들은 참 용케도 알아낸다. 어떻게 그렇게 나도 모르는 숫자를 꿰고 있을까. 차장 말대로 틀림없이 내부에 협조자가 있을 것이다.

이런 일이라는게 언제나 그랬듯이 권력이 어딘가 음습한 냄새가 나기 시작하고 조금씩 썩어가거나 목숨이 다 해갈 즈음에는 필히 배반자나 기회주의자가 생기기 마련일 테니까.

아버지는 나와 생각이 많이 달랐다. 권력에 맛을 들인 아버지는 이젠 완전히 인생의 목표를 출세에 두고 최고 권력자 가까이 가기에 자신의 전부를 걸고 있었다. 그러기 위해 진실과는 아무 상관없이 혹시 맞이할 호기를 위해 무엇인가 말썽이 될 만한 것들은 만들지 않아야 했다. 그렇게 하여 바라는 것이 그 잘난 장관인가 아니면 그것보다 더한….

아버지는 미국에서 공부하고 있는 나를 어떻게든 귀국

시키려 했다. 그리고 강제로 군에 입대 시켰다. 겉으로는 신성한 국방의무를 다 한다는 것이었지만, 그는 단 한가지 말고 다른 것은 아무 상관 없었다. 오직 그에게는 자식이 국방의무를 다 한 떳떳한 고위 공직자라는 그것만이 절실했고 그것이 그에게는 출세의 금열쇠였다.

"야 수운아! 아무 걱정할 것 없어. 이 애비가 다 책임진다. 훈련만 마쳐라. 그러면 의경 중에서 제일 좋다는 서울청 행정부로 보내줄게. 거기에서도 잘해 줄 것이다. 뭐 막말로 너 하고 싶은대로 해도 돼. 누가 뭐라겠니. 네 아버지가 난데. 그리고 이럴 때 귀찮은 짐 하나를 해결하는 것도 나쁘지 않아. 공부는 나중에 해도 되잖니. 일단 들어와."

아버지 귀국 종용에 보따리를 쌌지만 나는 사실 그러고 싶지 않았다. 나는 원래 이런 국내 체제에는 잘 어울리는 놈이 아니다. 나는 미국이 훨씬 좋다. 나처럼 소위 금수저 물고 나왔다는 놈들이 다 그렇지만 아무리 돈 있고 권력 있어도 이렇게 늘 눈 부릅뜨고 소리 질러대는 나라는 영 체질에 맞지 않는다. 물론이다. 우리 외갓집 풍토가 훨씬 나에겐 잘 맞는 것 같다. 우선 자유분방하다. 아무 거리낌도 없고 남을 의식하지도 않았다. 저 하고 싶은 대로 했다.

이모가 아이들 교육한답시고 '세인트크리스토퍼네비스' 국적을 가진 걸 보면 알만한 일 아닌가.

내가 이곳에 살면서 도무지 이해가 되지 않는 게 있다. 누구 말대로 사람은 태어날 때부터 어느 정도의 신분 차이나 경제적 차이를 갖고 태어나는 것이 극히 자연스러운 현상인데 여기서는 그런 것이 도무지 용인되지 않는다는 것이다. 현실과는 너무나도 동떨어진 이상주의자들의 나라 같았다. 모두가 다 똑같은 권리와 의무를 진다는 것이 어디 말이나 되는가.

사회주의 국가나 공산주의 국가에서도 권력자와 그 가족은 완전 예외인 것이 사실 아닌가.

여하튼 나는 아버지의 감언이설에 속아 귀국 후 지난 4월 의경에 입대했다. 물론 아버지는 약속대로 훈련 후 서울청 본부로 배속되게 해 주었고 내 마음대로 다 할 수는 없었으나 그런대로 지금까지 잘 지내왔다.

중대로 내려왔다. 중대장은 내게 1주일 정도 내무반에 쳐박혀 조용히 있으라고 명령했다.

"우 상경 너 정신차려. 절대 밖으로 얼굴 내밀면 안돼. 요소요소에 기자들이 들끓고 있어. 이런 땐 그저 피해 있는 것이 장땡이야. 내무반에서 한 발자국도 나가지 마. 그 냥 쳐박혀 있어. 자빠져 자든지, TV를 보든지 네 맘대로 해. 야 그리고 너 핸드폰 내놔. 너를 못 믿겠어. 씨팔! 잘못 되어서 네가 어떻게 되면 나도 우리 중대도 끝장이야. 알 았어."

그리고 그는 위치 파악 위치 하나를 던져 주고 나가버렸 다. 밥줄 때문에 어쩔 수 없어 하긴하겠지만 싫은 눈치가 완연했다.

밥 먹고, TV 보다가 또 밥 먹고, 내무반에서 낮잠 자다 가 빌어먹을! 어찌 운동이라도 하고 싶어 연병장에 나가는 것까지 불호령이 떨어졌다. 이건 말이 쳐박혀 있는 것이지 영창 신세나 다름 없었다. 핸드폰이 없어 외부 세계와 완 전히 단절된 것이 가장 견디기 어려웠다. TV만해도 그렇 다. 켜기만 하면 푸른집 W수석에 관한 뉴스와 대담이 봇 물처럼 터져 나왔다. 이렇게 신나는 화제가 따로 없다. 종 편을 보고 있으면 나의 부친 W수석은 정말 죽일 놈이다. 동료 검사의 부정 증권 장사를 눈 감아주지 않았나, 처갓 집 부동산 매각에 은밀히 권력을 이용하여 부당 이득을 본 파렴치범이며, 최고 권력자 주위에서 호가호위한 모리배 쯤 되었다. 물론 나도 아버지를 잘 모르긴 하지만 이건 인간적으로 큰 모욕이었다. 제길 이런 종편을 언제까지 보아야 하나. 답답했다. 이런 답답증과 권태가 나를 거의 초죽음 직전까지 몰고갔다.

나흘째! 나는 더 이상 견딜 수가 없다. 이렇게는 숨이 막혀 죽을 것 같다. 살기 위해 탈출을 생각했다. 식당에 갔다. 아무도 상대해주는 이가 없었지만 취사병 K는 아는 체해 주었다. 사정사정해서 잠시 핸드폰을 빌려 혜인에게 문자를 보냈다. 오늘 저녁 부대 뒷문에 차를 대고 기다리라고. 그리고 아무 거라도 좋으니 사복을 준비해 달라고.

하루 종일 이 여자가 정말 올까 안 올까 그것만 생각했다. 어쩌면 이 애도 마음이 이미 변해 배반하는 것은 아닐까?

저녁 8시! 어둠이 내린 뒤 중대원들이 막 귀대하여 북적거리는 시간을 이용하여 내무반을 슬쩍 빠져나왔다. 혜인이 위병들과 수작 중이었다. 그 사이 나는 위병소 뒷담을 재빨리 넘었다. 차는 뒷담 근처 외진 데에 주차해 있었다. 혜인이 웃으며 다가왔다.

"잘 왔어. 본 사람 없고? 훈련 받았다더니 정말 역전의 용사가 다 됐네. 타! 어서 이곳을 벗어나자 빨리."

차에 올라탔다.

몇 주만에 보는 마세라티 아닌가. 내가 제일 좋아하는 이 꽈트로 포르테는 속도가 날수록 무게감 있게 더욱 밑으로 가라앉는 경주용 쿠페였다. 혜인의 운전은 능숙했다.

"일단 시내를 벗어나자. 어디 좀 확 트인 바닷가 같은데 없을까? 가슴이 답답해 살 수가 없어. 어디가 좋을까? 인천은 너무 가깝고… 그럼 어디, 강릉에나 가볼까? 동해안이 좋을 거야. 내일 아침 일출도 보고 새로운 해가 떠오르면 누가 아니, 무언가 세상이 좀 바꾸어져 있을지도."

혜인은 시내를 벗어나 50번 고속도로 강릉 방향으로 차를 몬다. 150, 160, 180km. 오르는 속도감이 기분을 더욱 좋게 한다.

"오빠. 저녁 먹었어?"

"아니. 그런데 배가 고픈지도 모르겠다. 야 그렇지만 옷을 좀 갈아 입어야겠는걸. 옷 가져왔지? 어디 휴게소에서 잠시 쉬어가자."

"응 급해서 제대로 챙길 수가 없었어. 아빠 바지와 T셔츠 하나 챙겨 왔으니까 입어봐. 대강 맞을 거야. 내가 그래도 패션 디자이너 아니야… 눈썰미는 있어. 호호호."

맞다. 그녀는 디자인 공부하는 학생이다. 잠시 방학으로 귀국 중이고. 우리는 뉴욕에서 만났다. 내가 NYU에서 경영학을 공부하고 있을 때 혜인은 뉴욕 패션 스쿨에서 디자인을 공부하고 있었다. 어느 날 우연히 SOHO 근처 재즈바에서 그녀를 보았는데 얼굴은 귀여웠고 몸매는 매우 육감적이었다. 그녀는 나를 보자 금방 오빠라고 부르며 아는 체를 했다.

어쩌면 그녀는 의도적으로 나를 만나러 이곳에 왔을지도 모를 일이었다. 처음부터 그렇게 애교있게 구는 것을 보면.

"수운 오빠죠. 나는 혜인이. 잘 부탁해요."

그날 재즈 바를 나와 2차 맥주집에서도 그녀는 거리낌없이 웃고 몸도 부딪치고 아주 오래전부터 아는 사이처럼 굴었다. 척 봐도 알만 했다. 이런 애들은 공부에 별로 뜻이 없었다. 부유한 집에서 풍족한 학비를 받아 유학 생활을 한껏 즐기며 집안 좋고 재력있는 남자들이나 꼬셔 시집이나 잘 가는 것이 인생의 최대 목표인 애들이었다. 혜인도 거기에 속할 것이다. 물론 나도 이들의 리스트에 진작 올라 있었겠지만 이런저런 핑계로 교묘히 접근해 오는 애가 많았다. 그래도 혜인은 그런 애들 중에서는 마음이 착한 아이였다. 그날 맥주에 취해 비틀거리며 혀 꼬부라진 소리로 말했다.

"오빠. 오빠. 나 지금 치마끈 풀었다. 알지?"하고 뜨거운 몸을 비틀며 기대오던 아이다.

"그러니. 그럼 너 화장실 다녀와야겠다. 혼자 못 가면 내가 데려다 줄까?"

그랬더니 부릉 화를 내고는 무슨 이런 숙맥 같은 남자가 있나 하고 올려다보던 그 눈과 웃음을 아직도 기억한다.

우리는 뉴욕에서 잘 지냈다. 그녀는 이국의 내 외로움을 잘 달래주었다.

불러서 몸을 요구했을 때 한번도 거절한 적이 없다. 그녀는 오히려 더 자주 불러주기를 원하는 듯했으나 어느 때는 내가 자제했다. 어쨌거나 나는 아버지 때문에 소문을 몹시 두려워했기 때문이다. 소문을 두려워 하는 것은 아주 옛날부터 몸에 밴 나의 습관이었다.

여주 휴게실에서 간단히 요기를 하고 화장실에서 옷을 갈아 입었다. 의경 유니폼을 벗고 사복을 입으니 우선 마음이 무척 자유로워져 좋다. 바지단이 좀 짧은 듯했으나 흰 면바지가 그런대로 어울렸고 하늘색 티셔츠는 내 것처럼 꼭 맞았다. 군화를 벗고 운동화를 신었다.

날아 갈 것 같았다. 인간이 살면 얼마나 산다고 이렇게 자유롭게 편히 살아야지. 무엇 때문에 그리 권력에 목을 매고 어렵게 사는지 나는 아버지 마음을 도통 알 수가 없었다.

강릉은 1시간 밖에 걸리지 않았다. 대관령 터널을 벗어나자 비릿한 바다 바람 냄새가 와락 달려들었다. 어둠속에서 넓은 바다가 눈 앞에 펼쳐졌다. 속이 확 트이는 것이 이제야 조금 숨을 쉴 것 같다.

"어디 가서 술이나 마시자. 술 마신 지가 언젠가 몰라. 몸 속에서 알코올 기운이 다 빠지면 아마 심장마비가 올지도 모르지."

나는 바다가 가장 잘 보이는 S호텔에 차를 세웠다. 휴가철이 끝난 바닷가 나이트 클럽은 한산했다. 드문드문 그룹 몇이 보였으나 춤추는 플로어에는 겨우 몇 쌍만이 돌아가고 있었다. 아무리 보아도 서울 강남이나 홍대 앞 같은 모습은 아니었다.

"오빠 여기는 물이 안 좋다. 어휴! 뭐야 늙은 꼰대들이나 즐기는 곳이잖아. 음악도 그렇고. 이게 무슨 블루스, 그것도 옛날 블루스… 웃겨."

혜인은 투정이다. 그녀는 이런 분위기를 별로 좋아 하지 않는다. 아이돌이나 젊은 그룹들이 나와 펑크나 랩 등을 질러대야 그나마 무슨 자극이나마 올라나.

"오빠 얼른 마시고 방이나 잡자. 바다가 보이는 멋진 곳으로. 오늘 내가 화끈 하게 한번 서비스 해주지. 호호."

그러나 나는 이런 분위기가 좋다. 흘러간 블루스도 그렇지만 어두운 조명 아래 서로 부둥켜 안고 돌아가는 저 플로어의 쌍쌍도 퍽 아름답게 보인다. 무척 고전적 그림이다.

나는 혜인을 끌고 플로어로 내려 왔다. 와락 끌어당겨 안았는데 가슴으로 물컹 달려드는 촉감이 자극적이다. 몇 발짝 돌았을까, 그녀의 숨소리가 거칠어졌다. 그녀의 고개가 내 가슴으로 안겨 오면서 하체가 빡빡하게 밀착해 온다. 내 손이 엉덩이 끝으로 내려와 쓰다듬었을 때, 그녀는 재빨리 나를 끌고 자리로 돌아왔다. 그리고 내 무릎 위에 앉았다. 짧은 치마속의 맨살이 내 허벅지 사이를 지그시 눌렀다. 그리고 그녀의 입이 내 입을 포개버렸다. 순간 내손이 그녀의 블라우스 속으로 들어섰고, 땀에 젖은 그녀의 풍만한 가슴이 손 가득 쥐어졌다. 그녀는 내 목을 끌어안고 소파에 서서히 몸을 눕혔다.

이때 웬 커다란 손 하나가 내 목덜미를 와락 잡아 일으켰다.

"이봐 형씨. 이런 짓은 집에 가서 해. 여기가 당신 집 안

방인 줄 알아. 눈꼴시게."

그러더니 내 목을 비틀며 치켜든다. 가슴이 반쯤 노출된 혜인이 쓰러져 있는 소파로 한 놈이 다가가더니 가슴을 덥썩 쥔다. 혜인이 비명을 질렀다.

"이게 조금 아까는 그리 좋아하더니… 미쳤나. 남자는 다 똑같아. 내가 대신 해 줄게."

건장한 녀석 하나가 슬금슬금 혜인의 배에 올라 타려 한다. 나는 도저히 참을 수가 없다.

발로 녀석의 등을 힘껏 밀어 찼다. 녀석은 의자들 사이로 나딩굴었다. 순간 다른 주먹 하나가 내 배를 강타했다. 그리고 어디서 날아왔는지 각목이 어깨를 내리 찍었다. 숨이 막혔다. 당해낼 도리가 없다. 나딩굴었던 녀석이 일어나 혜인을 질질끌고 홀 구석 어두운 곳으로 간다. 입이 틀어막힌 채. 나는 발버둥을 쳤으나 이 절대적 폭력 앞에 속수무책, 무력했다.

빌어먹을! 경찰이라고 말해버릴까. 어쩜 공권력은 이런 곳에서는 힘이 될지도 몰라. 그러나 그건 또 하나의 불씨를 만드는 일. 아버지 얼굴이 떠올랐다. 종편은 아마 그림까지 그려 보여주며 온 종일 떠들어 댈 것이다. 드디어 W 수석의 민얼굴이 들어 났다고. 차장, 중대장 얼굴도 스쳐

지나갔다. 이런 무단 폭력 앞에서는 무엇보다 총구 권력이 정의일 텐데 권총을 가지지 못한 것이 후회스러웠다. 그동안 이같은 무소불위의 폭력이 얼마나 많은 인간을 개나 돼지로 취급하며 군림했겠는가. 공포 속에서도 몸서리가 쳐졌다.

그는 재빨리 민초들처럼 비겁해지기로 했다. 그게 그중 제일 나은 방법 같았다.

얼른 일어나 무릎을 꿇었다. 그리고 깊이 머리를 조아렸다.

"아이구! 형님들 죄송합니다. 몰라 보고 무례했습니다. 그저 용서만 해 주십시오."

그리고는 차고 있던 시계와 지갑을 내놓았다. 그들은 그제야 빙긋 웃고는 "이 새끼. 이제야 뭘 좀 아는 소리를 하네. 야 그 계집애 이리 데려와. 그 애 핸드백도 뒤져 봐. 그리고 그년 아랫도리 벗겨. 못 도망가게. 야! 이 년놈을 잠시 붙들고 있어. 내가 돈을 빼 올 때까지. 너 이새끼! 비밀번호 거짓말이면 이 년 가랑이를 확 찢어 놓을 거야. 알았지?"

그리고 놈이 나가버렸다. 잠시 후 놈이 헐레벌떡 뛰어들었으나 실망하는 빛이 역력했다.

"야 잔고가 바닥이야. 돈은 좀 있는 것들 같은데. 이거야 원! 돈 백만 원도 안돼. 이 년을 어디다 감금하고 돈 더 넣으라고 공갈치자. 그리고 돈 넣는 사이 저 년과 재미도 좀 보고."

혜인은 이미 죽은 듯 널부러져 있었다. 아랫도리를 다 내놓은 채. 이건 완전 절망이다.

물론 집으로 전화하면 돈이야 넣어 주겠지만 가만보니 돈이 넘어온다고 해결될 일이 아니다. 더욱이 저들이 내가 누구란 것을 알게 되면 더욱 기승을 부릴 것이다. 안 되겠다.

나는 마지막으로 내 위치를 알리는 비상 워치를 눌렀다. 그리고 스르르 눈을 감았다.

눈을 떴을 때, 나는 강릉 경찰서 조사실 소파에 누워 있었다.

"좀 괜찮아. 큰 일 날 뻔했다. 놈들은 몇 명 도주하긴 했지만 모두 체포됐어."

"혜인은 어찌 됐습니까?"

정말 미안하고 죄스럽다는 생각이 들었다. 그 애가 무사해야 하는데….

"응 외상이 심해. 그러나 생명이 위독할 정도는 아니야. 여기 병원에 있으니 염려 마."

많이 당했냐고 묻고 싶었으나 묻지 않았다. 내가 모르는 편이 오히려 나았다.

"놈들은 이곳 유명 폭력배들이야. 이봐 어이 김 형사! 체포된 놈들 조사해. 조서도 받고."

그때 형사 하나가 헐레벌떡 뛰어들어와 반장에게 무엇인가 귓속말을 했다.

"뭐! 뭐라구. 조사도 말고 조서도 받지 말라고. 그냥 풀어줘… 이봐! 어떤 개뼉다귀 같은 놈들이 그따위 소리를 해. 이건 분명 폭행 강도 현행범이라고, 피해자도 엄연히 있고… 뭐 서울 본청… 미쳤군 미쳤어, 다들 미쳤어!"

버럭 소리를 지르고는 조사철을 휙 내던졌다. 너풀너풀 날아간 조사철이 구겨진 휴지처럼 바닥에 사알짝 내려앉았다. 별 수 있겠나. 또 하나의 폭력 앞에서 진실은 하얗게 바래가고 말겠지.

수운은 문득 가슴에 심한 통증을 느꼈다.

어제 정신없이 맞은 자리가 새파랗게 멍들어 가고 있을 것이다.

폭력이 지나간 사이로 또 하나의 폭력이 내려앉아 덕지

덕지 오물을 뒤집어 쓰고 썩어가고 있다. 그는 가슴을 안고 데굴데굴 굴렀다. 반장은 119를 부르라고 소리쳤으나 그는 크게 손을 내저었다. 이 아픔은 병원에 가서 나을 수 있는 그런 아픔이 아니었다.

장군의 실종

　이것은 하나의 사변(事變)이었다.

　적들은 조용히 돌진해 왔다. 적들이 소리없이 점령한 서울은 아무것도 보이는 것이 없었다. 희뿌연 안개 속으로 남산과 한강, 모든 길과 건물들이 잠겨버렸다. 마치 바다 속 같았다. 바람을 열망했지만, 어쩌다 불어오는 서풍마저 짙은 모래가 섞여 있었다. 봄은 멀었고 거리는 삭막했다. 입을 막고 눈을 가리고 들숨을 쉴 수 없을 때쯤에야 사람들은 비로소 적들의 실체를 알았다.

　우리가 무슨 잘못을 한 것인가? 아니면 누가 무슨 원한을 품고 이런 악귀를 보낸 것인가?

해가 떠오르고 새 바람이 불어온다 하여도 사람 힘으로는 감히 어쩔 수 없는 대재앙 같았다. 적의 힘은 하늘에 닿아 있는 것 같이 완강해 보였다.

그날 저녁, 사변은 더 크게 터졌다.

바람이 잠간 불고 간 9시 뉴스에 비친 광화문. 뿌연 시야에 분명 있어야 할 장군이 보이지 않는다. 먼지와 모래의 연합군을 피해 잠시 몸을 숨긴 것인가. 모두 무심했다. 으레 그곳에 있어야 할 장군이었기에 누구도 그의 부재를 의심하지 않았다. 그러다 갑자기 정신이 들었을 때 시야에 들어온 텅 빈 기단. 두 눈을 크게 뜨고 아무리 쳐다봐도 거칠 것 없는 허공 뿐. 엄연한 장군의 실종이었다.

어떡하는가. 우리에게 장군은 그냥 장군이 아니지 않는가.

광화문 네거리에서 바라본 북악과 경복궁. 그 앞에 펼쳐진 이 직선 거리는 우리들 이념의 축이었다. 장군은 이 축의 한 가운데에 서 있었다. 정치꾼들의 말은 늘 한결 같았다. 장군의 오른쪽 이들은 시도 때도 없이 부르짖는 고함소리나 아직도 걷히지 않고 있는 천막을 가리키며 얼마나 속이 터졌으면 내려오셨겠냐고 빈정댔고 왼쪽 사람들은 시대에 맞는 새로운 광화문을 만들어 더 좋은 곳으로 모시려 했는데 안 됐다는 소리뿐이었다. 오래 장군을 모신 몇 사람만 반세기를 견뎌온 그 무거운 투구와 긴 칼 그리고 자동차 소음과 분진으로 누구도 더 이상은 견디기 어려웠을 거라고 동정했다.

정말 우리의 장군은 어디로 간 것인가? 점점 악랄해 오는 적들의 먼지 공포 앞에서 장군의 존재는 구원자처럼 빛났다.

다음날 세상은 발칵 뒤집혔다. 검경은 물론 군까지 동원되어 온 나라를 샅샅이 뒤졌다. 그러나 장군의 행방은 묘연했다. 장검이 기단에 기댄 채 발견되고 피뢰침 달린 투구를 근처 화단에서 찾아냈지만 며칠이 지나도 장군의 행방은 오리무중이었다. 청계천 건천다리 근처에서 갑옷 일부와 전투화 한 짝이 발견돼 수색에 활기를 띠었으나 그것도 잠시, 도무지 장군의 행방은 점령군 먼지가 덮어버렸는지 발자국 하나 찾아낼 수 없었다.

머리가 희뜩, 서리 내린 초노(初老)가 건장한 장년을 깍듯이 모시고 20층 오피스텔 문을 들어섰다. 두리번거리는 건장한 장년은 수염이 텁수룩 했으나 눈빛만은 형형했다.

"장군, 안심하십시오. 이곳은 제가 글 쓰는 곳입니다. 걱정 안 하셔도 됩니다."

말 없이 들어선 장년이 두 손으로 눈을 가린다. 불빛에
눈이 부신 듯 한참을 머뭇거렸다.

"혹시 황초는 없는가? 등잔도 좋고."

그제야 초노가 불을 끄고 책상 위 스탠드를 켰다. 아늑한
불빛을 등지고 장년은 좌정했다.

초노가 정중히 큰절을 올렸다. 그리고 의자를 버리고 바
닥에 무릎을 꿇었다.

"장군 그런데 어떻게 저를 찾으셨습니까? 이런 광영이
없습니다."

"오래 전부터 그대를 꼭 한번 만나 보고 싶었어. 다른 누
구보다 나를 이해한 듯 했으니까?"

K작가는 가슴이 불덩이 같이 타올랐다. 평생을 두고 우
러르던 영웅이 바로 눈 앞에 있고 그의 옥음을 통해 자신
를 보고 싶다고 하지 않는가. 그가 감격해 바닥에 양손을
대고 허리를 굽히며 소리쳤다.

"장군! 장군은 그냥 영웅이 아니십니다. 우리 역사를 통
틀어 장군 같은 영웅은 없습니다. 이 나라 누란의 위기를
구하신 구세주 같은 분입니다. 저는 장군만을 영웅으로 압
니다."

장군은 피식 웃었다. 그리고 길고 큰 손을 뻗어 그를 일으켰다.

"무슨, 내가 자네를 보고 싶었던 것은 오히려 나를 보통 인간으로 보아주었기 때문이지. 사실 나는 권력이나 명예 따위에는 별 관심이 없었으니까. 그저 직분에 충실했을 뿐."

"목숨을 걸고 나라를 구해내지 않았습니까?"

"나라를 구하다니? 아닐세. 나는 지금도 내 정인을 그리워하는 보통 인간이네. 임금이니 사직이니 그런 거창한 것들은 내겐 먼 얘기였어. 다만 불쌍한 내 새끼들이 비참히 죽어가는 것을 가만히 보고만 있을 수는 없었지."

"목숨을 내놓는다는 것은 아무나 할 수 있는 일이 아닙니다 장군."

"어쩌겠는가. 전쟁터에서의 군인은 오직 싸우든지 죽든지 그 두 가지 선택밖에는 없었으니. 죽음도 운명이었을 테고. 그 얘긴 그만두세. 아 자네가 내 정인의 이야기를 너무 가슴 아프게 썼더군."

"그렇습니까, 지금도 그때 일을 기억하고 계십니까?"

"그렇네. 생생히 기억하지. 전쟁터에 찾아와 하루 밤을 같이 보내고 죽여 달라고 우는 정인의 목을 베기가 어디 그리 쉬웠겠는가. 아들 면(勉)의 죽음도 가슴이 찢어지는 일이었고."

장군의 눈시울이 붉어졌지만 눈물은 보이지 않았다. 가슴이 아픈 듯 신음소리가 났다.

"여진(女眞)*은 정말 불쌍한 여자였습니다 장군. 그래 누굴 원망해 보셨습니까?"

"임금 말인가. 아닐세. 나는 정치는 잘 몰라. 알고 싶지도 않았고. 나는 한번도 임금을 원망하거나 두려워해보지 않았네. 오히려 임금이 두려움을 모르는 나를 두려워했지. 그것이 끝내 비극이긴 했지만…."

"그런데 장군 왜 어인 일로 내려 오셨습니까? 모두가 장군을 찾고 있습니다."

"아, 그건 큰 착각이었네. 흙 먼지에 싸여 바닷 바람이 불어오고 무언가 나무 타는 연기 같은 매캐함이 몰려올 때 나는 분명 왜군의 재침으로 생각했네. 많이 번민했지. 그러나 나는 이번엔 싸우고 싶지 않았네. 전쟁이란 바보들이나 하는 짓임을 너무 잘 아니까. 또 지켜야 할 아들도 정인도 사라진 지금, 나는 진정 이 전쟁에서 빠지고 싶었네. 그리고 다시는 권력에 이용당하기도 싫었고."

"그런데 왜 저를 보자 하셨습니까?"

"칼을 찾고 싶었네. 자네가 내 칼에 대해 제일 잘 안다고 사람들이 말해 주더군."

"장군의 그 칼을 흠모했습니다. 삼척(三尺)의 그 칼로 왜군을 무찌르던 장군의 늠름한 모습이 떠올라 한시도 잊어본 적이 없습니다.."

"허허 자네 실망했겠군. 나는 그 칼로 왜병을 베인 적이 한번도 없다네. 물론 호신용이었으나 그 칼로 내 정인의 목을 벨 줄이야 누가 알았겠나. 칼을 주시게. 칼을 놓고 정인에게 용서를 구할 참이네. 아는가. 그 칼은 손을 좀 봐야 할 곳도 있어."

"칼은 여기 없습니다. 멀리 장군 고향에 따로 보관돼 있습니다. 장군, 기억 하십니까 칼에 새긴 검명(劍銘)을? 일휘소탕 혈염산하(一 揮掃蕩 血染山河). 이 얼마나 멋진 명구입니까. 전 이런 검명을 하번도 본 적이 없습니다."

"잘못이었어. 후회하고 있지. 귀련**이 우겨서 염자를 썼지만 염을 쓰지 말았어야 했어."

"왜요. 저는 그 염자에 장군은 그냥 무인이 아니라 시심 깊은 문인의 면모라고 여겼습니다. 아! 물들일 염(染). 얼마나 탁월한 시어입니까."

"그리 생각하시나. 아닐세. 흐를 류(流)를 쓰고 그저 흘려

보냈어야 했던 것을. 한번 물든 산하는 아무리 벗겨도 벗겨도 벗겨지질 않는 핏빛임을 몰랐어. 매년 우두커니 서서 새 봄 핏빛으로 물든 참꽃을 내려다볼 때마다 나를 원망했지."

"아닙니다. 붉은 참꽃으로 물든 산하가 얼마나 아름답습니까. 장군."

장군은 쓸쓸히 웃었다. 그리고 올해는 그 참꽃도 모래 바람에 덮여 볼 수 없을 것 같다고 자조하듯 말했다.

"여보게, 모래바람에 물들면 참꽃도 봄마저도 없을 것 같으니 염자는 바꿔놓으시게."

내가 고개를 끄덕했다. 장군은 길게 한숨을 쉬고 나서 천천히 일어섰다.

"장군 어디로 가십니까? 다시 돌아 오시지요. 모두가 기다립니다."

"돌아가? 아닐세. 나는 끝났네. 이젠 이런 칼로 하는 싸움은 아니지 않는가. 저들의 무한 욕망과 자연 훼손이 저지른 싸움에 왜 내가 나서겠나. 새 사람을 구해 보시게."

장군은 뒤따르는 나를 어서 들어가라 손짓하며 어둠속으로 걸어 나갔다.

후일 하동 포구에서 장군을 봤다는 소문도 있었으나 울

돌목 너른 바위에 신발 한짝을 남겨 놓아 그의 간곳을 짐작할 수 있었다.

드디어 정부는 장군이 있던 자리에 세계 최초의 거대 인공 공기정화기를 설치하면서 임전태세를 갖춰나갔다. 장군 없는 새로운 대공해와의 싸움이 시작되었다.

*김훈의 『칼의 노래』에 나오는 이순신의 정인.
**태구련, 장군의 칼을 만든 대장장인.

꼬리를 위한 찬가

대학교수 C의 에세이집 『내 친구 마키아벨리』 출판기념회가 열리던 날.

장어구이집 만미정에는 장어 좀 알고 먹는다는 축하객들로 북적됐다. 그들은 언제나 책보다 장어가 좋다.

"이봐. 장어는 풍천장어가 제일이라는데. 이거 풍천장어 맞지. 나는 고창 주진천산 아니면 안 먹어."

"그래? 뭘 몰라도 한참 모르는군. 주진천 마른 지 벌써 옛날이야. 30년도 넘었지. 물도 없는 건천에 무슨 장어. 그 장어 요즘은 다 양식이야 양식."

"양식 같은 소리하고 있네. 기르기는 하지만 아직 부화는 못 시켜. 그러니 다 생물학적 자연산이지. 바다에서 육지쪽으로 바람이 불어 하얀 벚꽃을 떨구기 시작하면 강을 타고 올라오는 놈이 이놈들이야. 그러니 바람 풍(風), 내 천(川)해서 풍천장어지."

말들은 이리저리 해도 그들은 한시도 불판에서 눈을 떼지 못한다. 시뻘건 불 위에서 지글지글 장어가 익어가고 있다. 지지직 기름이 타고 고소한 연기가 코로 스며들면 이때 그들의 시선은 온통 꼬리에 꽂힌다. 눈 속에서 불꽃이 튄다. 모두가 안다. 장어는 꼬리가 제일 웃전이라는 것쯤. 꼬리 없는 장어는 없다.

힘의 밀도가 가장 높은 꼬리는 헤쳐나가는 힘도 분탕질도 여기서 시작된다. 꿈틀거림과 미끄러움 그리고 감아치는 힘도 바로 여기에서 나온다. 어떤 손아귀든 꼬리를 잡는 일은 쉽지 않다. 꼬리를 잘못 잡았다가 놓치는 날에는 번들거리는 그 손을 더 이상 쓸 수가 없어 인생을 포기해야만 한다. 모 아니면 도. 바로 이 바닥의 정의이다. 그래서 모두가 꼬리만, 오직 꼬리만을 노린다. 눈이 먼 동물적 사랑.

알잖는가. 어떤 미친 꼬리 사랑은 감옥도 부모도 제 목숨마저도 불사했었으니까. 꼬리를 놓친 어느 암장어는 어두운 감옥에서 얼마나 곤욕의 시간을 겪었나.

장어는 민물로 한번 바다로 한번 번갈아 오가며 힘의 상징인 꼬리로 거슬러 오는 거대한 시대적 물뭉치를 풀어내는 괴력의 존재. 퇴적돼온 검은 흙, 그리고 이끼가 무성한 개천, 음습한 돌틈이 그들의 고향이다. 그들은 태생적 맑음을 저주한다.

C가 가득한 참석자를 하나씩 둘러보고 눈을 맞춘 뒤 젖은 목소리로 인사말을 시작했다.

"장어의 뭉클거림과 미끄러움 그리고 꼬리 맛을 사랑하는 동지 여러분!

그 손맛과 입맛의 진수를 알고 인생 전부를 여기에 건 여러분을 진심으로 존경합니다.

사실 나는 꼬리를 감히 쳐다보지도 더구나 먹는 것은 상상도 못했던 사람입니다. 다만 살기 위해 장어를 잡아 올렸을 뿐. 먹는 것은 모두 그들 꾼들의 차지였습니다. 그러나 나는 그들을 원망하지 않습니다. 그들이 먹어 주지 않았다면 지금의 나 같은 존재는 없었을 테니까요.

보십시오, 벌써 바람 불고 꽃 떨어져 길을 하얗게 덮었습니다. 화무는 십일홍(花無十日紅). 이 봄이 가기 전 이제 나도 꼬리 맛을 한번 봐야겠습니다.

모르시겠지만, 나는 말라비틀어진 남도 주진천산도 저 유명한 하의도 선생님의 후예도 아닙니다. 그저 척박한 부산 영도 실장어 출신입니다. 그러나 그 작은 실장어가 대물이 됐습니다.

태평양을 건너 올라오는 여름 하모*와 영도를 돌아 을숙도 갈대숲으로 달려드는 민물장어의 힘찬 기상을 여러분은 모르실 겁니다. 턱 잡으면 아가리를 딱 벌려 날카로운 송곳이를 드러내는 여름 하모의 야성! 이게 사실 나의 본성입니다.

아니라고요. 어디 어울리기나 하냐구요. 그럴 겁니다. 귀공자처럼 잘 생긴 얼굴과 긴 머리칼, 그리고 오랜 선생질 때문일 겁니다.

그러나 저 그렇게 곱게 자란 사람 아닙니다. 옛날 생각하면 지금도 눈물이 납니다. 저들이 최류탄 거리를 헤맸다고 으시될 때 내 아버지와 나는 을숙도 새벽바다에 나가 실장어를 잡았습니다. 그리고 동생은 그것을 뜰채로 떠서 세었습니다. 열 스물 서른 마흔 쉰. 그 숫자는 언제나 가늘고 작게 꼬물꼬물 움직였습니다. 내 쓰다남은 공책에는 날짜별로 그 작은 실장어들이 이리저리 몰려다녀 작은 수족관 같았습니다. 항상 배가 고팠던 우리는 어떤 옷을 입어도 안과 겉으로 장어들이 헤엄쳐다녀 실밥이 자주 터졌습니다. 헤진 옷으로 삐죽이 내민 배가 새끼 장어처럼 볼록했지만 그 속은 너무나 맑아서 슬펐습니다.

사실 동생과 나는 실장어 학자금 출신입니다. 가난은 짠물과 갈대 사이에서 우리 형제를 검고 굵은 자연산 하모로 키웠냈습니다. 힘은 모자랐지만 능글거림과 뻔뻔함 그 근성만은 누구도 따를 자가 없었습니다. 마음 먹으면 입도 누구보다 거칠었습니다.

어떻습니까. '마키아 벨리'는 가난한 야망가만이 꼬리를 차지할 수 있다고 말했습니다. 이만하면 꼬리를 먹을 충분한 자격을 갖췄다고 생각되지 않습니까. 여러분!

이제 자연산 제가 나섭니다. 무식하고 교활한 놈들을 물리치기 위해서는 뻔뻔하고 머리 좋은 놈이 제일입니다. 저를 한번 밀어 보시지요. 그러면 그 맛있는 꼬리는 저절로 여러분 것이 됩니다. 두고 보세요. 가만두면 꼬리는 불판에서 재가 되든지 아니면 다른 누군가의 입안에서 다 녹아버려 여러분은 침만 흘리고 말겁니다. 타기 전에 먹읍시다."

인사말을 마친 그가 술잔을 높이 들었다. 그리고 모두를 향해 다시 소리쳤다.

"돈보다 좋은 꼬리, 여자보다 맛있는 꼬리, 죽은 놈도 살리는 꼬리. 그 꼬리의 위대한 힘을 위하여!"

우리도 모두 술잔을 높이 들고 목이 터져라 그를 따라 복창했다.

"꼬리! 꼬리! 꼬리! 그 꼬리의 단맛을 위하여!"

그 '위하여' 소리는 만미정이 떠나갈듯 울려 퍼졌다. 꼬리 맛에 눈이 먼 우리는 실장어 학자금 출신 영도 자연산에게 제일 잘 구어진 꼬리만를 찾아 권했다.

"이걸 드십시오. 그리고 미끈미끈 뻔뻔한 꼬리 중에서 제일 큰 꼬리가 되셔야 합니다."

감격한 그가 꼬리를 씹지도 않고 꿀꺽 삼켜버렸다. 목에 걸렸는지 얼굴을 붉히며 한참을 캑캑거렸다. 우리는 발을 구르며 박수를 쳤고 그의 이름을 오래동안 연호했다.

어디 보자! 꼬리가 그의 뱃속에서 오래오래 숙성된 후 또 하나의 노회한 '마키아 벨리'로 부화될 수 있는지.

*하모 : 갯장어. 하모는 일본어로 "물다"라는 뜻이다. 송곳이가 날카롭다. 여름 별식으로 그만이다.

지글지글 쭈꾸미 불판 같은

경복궁역 3번 출구를 나와 20미터쯤 북진. 바로 우측 골목으로 꺾어돌면 잡다한 먹자골목 한 귀퉁이에 이 집이 있다. 간유리창에 서툰 글씨로 '춤추는 쭈꾸미'라 쓰여 있는.

내가 성에낀 흐린 유리창을 냅다 열어 젖히고 들어섰다. 벌써 안은 손님으로 발 드딜 틈이 없었고 왁자지껄 떠드는 소리에 말소리가 전연 들리지 않는다.

"이모님, 여기 네 사람!"

힐끗 쳐다보고 마는 아주머니에게 아부성 소리를 질러 봤으나 별무소용. 이집은 완전히 손님을 개나 돼지쯤으로 여기는지 거들떠 보지도 않는다. 이리저리 두리번 거리다가 입구 오른쪽 벽에 붙은 빈 탁자 하나를 발견하고 재빨리 좇아가 앉았다.

좋은 곳이 있다는 얘기에 잔뜩 기대하고 따라온 녀석들이 멀뚱이 내 면상을 쳐다보며 실망하는 눈치가 완연했다.

"야 인마, 백성. 겨우 이런 곳이야. 그래도 싸움 뒤 위로주를 살리려면 좀 그럴 듯한 곳으로 모셔야 되지 않니?"

박행이 이놈 완전 시비조다. 두 달에 한번 모이는 고교동창 모임이 오늘은 인왕산 둘레길 산행으로 계획되어 다녀왔다. 그런데 요즘은 웬일인지 모일 때마다 말썽이다. 이제 나이가 70도 넘어 철들 때도 됐는데 매양 이 모양이다. 박행이 놈은 학교 때 그렇게 친했던 성규 놈을 못 잡어 먹어 그저 틈만 나면 시비를 걸고 싸움을 건다. 오늘도 그랬다.

"야 이박행! 너 왜 그렇게 성규를 못 잡아 먹어 안달이냐 안달이? 이제 그만 좀 해라. 너 때문에 나 동창 만나는 것도 겁나."

벽 쪽으로 기대 앉아 메뉴판을 뒤적이던 환규가 불평부터 한마디 깔아논다.

"김환규? 너 잔소리 마. 그래도 오늘 내가 그 자식하고 싸웠으니 짱아 백성이 위로술 산다는 거 아냐. 입 다물고 술이나 쳐먹어. 짜식아!"

내가 고래고래 소리 질러서 바람처럼 날아다니는 아줌마 하나를 겨우 붙잡았다.

"아줌마, 뭐 해요. 여기 불판도 주고. 쭈꾸미 3인분 그리고 세꼬시 한 접시."

"야 술은 안 시켜?"

"아줌마 맥주 3병 그리고 소주 빨간 거 하나."

"맥주는 무슨 맥주 그냥 소주가 낫지 않아. 이왕 빨리 취할 거면 소주가 낫지."

"그런 소리 마. 여기 태빈이는 아직 술 먹으면 안 돼. 태빈아 넌 맥주 한 잔만 해."

"걱정 마, 인마. 이럴 때 안 마시고 언제 마시냐. 좋은 친구 만나 술 마시다 죽었으면 소원이 없겠다. 젠장 술 먹고 싶어 어떻게 석 달을 누워 있었는지 몰라."

위암 3기로 위를 반쯤은 들어낸 태빈이는 오늘따라 술이 당기는 모양이다. 가져온 맥주를 뻥 따더니 먼저 제 잔에 쿨쿨 따른다. 자작질에 모두가 어안이 벙벙해졌다.

"왜들 그래 인마. 걱정 마. 설마 맥주 몇 잔에 죽겠니. 뭐이젠 죽어도 할 수 없긴 하지만. 불쌍한 네 놈들 두고 죽는 게 걱정은 된다."

"여튼 조심해. 죽는 거야 어쩔 수 없지만 또 병원 신세지면 그건 가족 모두에게 '그레이트 트러블'이야, 인마."

　"짜식 아직도 영어 발음 하나는 쓸 만하네."

　이때 가져온 쭈꾸미가 불판 위에서 춤을 추고 있다. 빨갛게 고추장을 뒤집어쓰고 느리고 낮은 음악에 맞춰 서서히 몸을 풀더니 차츰 빠른 동작으로 몸을 흔들어 가고 이윽고 머리와 팔다리가 배배 꼬이더니 뿌지직 일어나 고개를 바짝 쳐들고 '살려달라' 소리친다. 그중 제일 큰놈 하나가 옆에 있는 대파 모가지를 잡고 비틀거리다가 시나브로 주저앉고 말았다. 너무 뜨거웠는지 몇몇 잔챙이는 얼른 삼겹살 배때기에 올라 불을 피해 보지만 결국 함께 지옥으로 나가떨어지고… 지글지글, 보글보글. 엉겨붙은 불판은 이제 완전 아수라장이다.

　노려보던 환규가 재빨리 큰놈을 입으로 가져간다. 불평하던 입들이 조용해졌다. 고요하다.

　생마늘과 함께 상추에 싸서 입에 쑤셔 넣는다. 우적우적. 마주 보는 눈알들이 웃고 있다.

　"왜 아무 말이 없냐? 입 속이 매우면 여기 미역국도 마셔봐. 생오이도 좋아. 그럼 입안이 개운할 거야."

"야 백성, 괜찮다 이집. 제법 음식 할 줄 아네."

"인마, 그러니까 이렇게 사람이 몰려오는 거야. 사람들 입이라는 게 간사해서 '맛있다' 소문나면 개 대접 받아도 꾸역꾸역 모여들게 돼 있어. 너희 모르지. 이 집 50년 됐단다. 우리 졸업할 때쯤 문 열었다니 우리와 함께 늙었지. 왜 우리 국어 가르치던 이중노 선생도 여기 단골이었고 요 위 누상동 살던 화가 박수근도 여기 단골이었단다. 요즘은 소설 쓰는 황석영 선배가 자주 온다는데. 봐라 치사하지만 한번 들인 입맛은 결코 잊혀지지 않는 거야."

"그런데 백가야, 너 어떻게 이집 알았어. 너 같이 외국물 먹고 포도주만 마시던 놈 하고는 번지수가 틀린 것 같은데."

"미친놈 내가 미국놈이냐. 나도 엄연히 조선놈 피가 펄펄 끓어 인마. 그리고 나 충청도 촌놈이야. 오히려 서울 깍쟁이 박행이 너 하곤 다르지."

"여기 참 좋다. 야 나는 말이지 학교 졸업한 지 50년이 훌쩍 지났는데도 여기 누상동, 통의동, 효자동, 청운동만 오면 고향에 온 듯 아늑해지니… 야 이것 무슨 큰 병 아니냐?"

태빈이가 슬그머니 옆에 앉은 환규 눈치를 본다. 환규는 의사다.

"괜찮아 인마. 그렇지 않은 놈이 병이지. 그게 얼마나 좋냐. 추억 속으로 들어가는 거야. 엄마 품 그리듯이. 아마 늙어 갈수록 점점 심해지겠지. 다시 어린애가 되고 말걸."

"그래 그러면 또 네 신세를 져야겠네. 다시 너 같은 소아과 의사를 찾아가야 할 테니말야. 야 어쩌다 우리가 이렇게 됐냐. 여기 골목길을 누비던 때가 엊그제 같은데…."

이제 맥주는 잠시 밀어놓고 소주 3병을 더 시켰다. 그래도 명색이 위로술자리인데 1인당 1병씩은 해야 한다고 박행이 녀석이 우겨서였다. 태빈이는 벌써 벽에 기대어 눈거풀을 내리깔고 졸고 있고. 드디어 환규가 오늘 일어난 박행이 싸움질 청문회를 시작했다.

"봐라 이박행! 너 성규를 좀 그만 괴롭혀. 왜 그 애만 보면 못 잡아먹어서 안달이냐 안달이. 난 성규보다 너를 더 이해 못 하겠어. 너희 둘은 학교 다닐 때도 단짝이었잖아."

"그랬지. 그 새끼 내가 정말 좋아했지. 너희는 모르겠지만 그 새끼 예쁜 여동생이 있었다. 진명 다니는. 괜찮았지. 그래서 가끔 그놈 핑계를 대고 집으로 몰래 쳐들어가기도 했었어."

"그런데 왜 앙숙이 됐어. 너희들 무슨 돈거래 했냐. 아니면 도대체 왜 그러는데?"

"왜는 인마. 그 자식이 공산당 됐으니까 그렇지."

순간 모두가 깜짝 놀랐다. 주위를 슬그머니 돌아 봤다. 들은 사람은 없는 듯했다. 얼마나 놀랐던지 졸고 있던 태빈가 깨어나는 바람에 소주병이 넘어져 나딩굴었다.

"그 새끼 겉으로는 아닌 척 하지만 완전히 속이 빨간 놈이다. 너희는 모를 거다. 걔네 집이 모두 빨갱이라는 걸."

"너 그걸 어떻게 알았어. 우린 눈치도 못 챘는데."

"옛날엔 안 그랬어, 그 자식. 그 약은 새끼가 세상 돌아가는 걸 기막히게 알고 죽은 듯 처신했으니까. 김정은이 설쳐대는 5년쯤 전부터인가 그 새끼 완전 북한 지지자가 됐어. 이석기 재판에 방청도 나가고 민족통일 세미나에 연사가 되질 않나, 인도주의적 지원이라고 많은 의약품도 기탁하는 등, 친구한텐 술 한방울도 사지 않는 놈이 말이야."

"그런 소리 마. 걔는 고향이 이북도 아니고 그 자식 온양이 고향이잖아. 재산도 많고. 그런애가 공산당이라니. 너 잘 못 본 거 아니야."

"자식들 뭘 몰라도 한참 모르는군. 너 걔네 할아버지가 누군 줄 알아? 걔 할아버지가 민촌 이기영이야. 잘 모르지 쯔쯔쯔. 나이 헛 먹었냐 공부 좀 해라. 1930년대 한국문학의 선구자였어. 조선일보에 '고향'이라는 연재소설도 쓰고 춘원보다도 앞섰으니까. KAPF* 리더였으니 일찍부터 공산주의 신봉자였지. 그리고 해방 후 바로 자진 월북했어. 북에서 조선문학가연맹 의장도 지냈다니 최고위층이었지."

"…."

모두 아무 말이 없다. 깊은 침묵이 흐르고.

"너희 알거다 그 자식. 우리와 공부할 때는 S대 불문과를 갔었어. 녀석 머리 하나는 좋았지. 할아버지 피를 받았는지 문학도 좋아했고. 시를 줄줄 외고 다녔으니까. 내가 놀란 적이 있지. 여기서 청와대 쪽으로 조금 올라가면 삼일당이라고 옛날 진명여고 강당이 있었어. 거기서 전국 학생 반공 시 낭송 대회가 열렸고. 자식이 박봉우의 시 '휴전선'**을 감정이 절제된 쉰 목소리로 토씨 하나 안 틀리고 전문을 낭송했어. 그 긴 시를 다 외어서. 대상을 탔지. 그 자식 때문에 반공 소년이 된 나는 지금도 그 도입부를 잊지 않고 있어. '산과 산이 마주 향하고 믿음이 없는 얼굴과 얼굴이 마주 향한 항상 어둠 속에서 꼭 한번은 천둥 같은 화산이 일어날 것을 알면서 요런 자세로 꽃이 되어야 쓰는가'"

박행이는 옛날이 회상되는 듯 한참을 눈을 감고 있었다.

그리고 벌컥 소주 한잔을 털어 넣고 다시 말을 이었다.

"그러다가 졸업 후 프랑스 유학을 위해 국비장학금을 신청했었지. 청천 벽력이었어. 장학금은 고사하고 해외여행도 안 된다는 통지였어. 연좌제가 시퍼럴 때였으니까. 그 새끼 그날 나를 불러내 진명여고 앞 '청화루'에서 빼갈 10병을 마시고 인사불성이 됐지. 내가 개를 들쳐업고 맹인하고 뒷담을 돌아 인왕산 기슭의 그놈 집까지 가는데 죽는 줄 알았다. 야 계단이 좀 많기나 하냐. 그 큰 덩치를 작은 내가 업고 올라가는데 이 새끼 등 뒤에서 오버 이트를 하는 거야… 땀과 오물로 범벅이 됐지. 그런데 그 새끼 머리 잘 돌데. 평생 직업도 없이 빌빌대다가 홧병에 죽은 지 아버지 생각이 났는지 딱 그만 두데. 이 나라에서는 공직이나 국가를 상대로 무얼 해 먹는 다는 게 완전 글렀다는 것을 그놈 바로 눈치 챈 거야. 너희 알지, 그 새끼 군에도 안 간 거. 갈 수도 없었겠지만. 정말 독한 놈이다 그 자식. 그때부터 다시 공부해서 치과대학 나왔잖니. 개 가끔 그러지 왜. 치과의사는 노동자라고. '노동자가 머리 갖고 밥 먹냐 손발 갖고 밥 먹는다' 라고. 봐라, 지금 보면 그게 다 사상이 이상했던 거야. 그 새끼 여우 같은 마누라 하고 토끼 같은 새끼들 하고 그동안 잘 먹고 잘 살았잖니. 그런데 그게 아닌가 보데. 나이 먹으면 핏줄 생각이 나는지 도무지 이북 보기를 배 다른 형제 보듯 하는 거야."

"뭐 핏줄이라고…."

"야 그래서 내가 미치겠다는 거 아냐. 너희들도 봤지. 광화문 네거리에 걸려있는 플래카드. '환영 김정은 방남' 환영은 무슨 이런 미친 새끼들! 김정은이 어떤 놈인지 벌써 잊었다는 거냐 뭐냐. 그러니 내가 성규 이 자식 낯짝을 보면 주먹이 가만히 있겠니. 그 자식 웃는 꼴만 봐도, 말소리만 들어도 비윗장이 뒤틀려 참을 수가 없는 걸."

"…."

또 말을 잊었다. 지글지글거리던 불판은 이미 가라앉았고 춤추던 쭈꾸미도 끄으름을 뒤집어 쓴 채 말라비틀어져 있다.

"야, 그래도 밥은 먹어야지. 공산당과 싸우든 이성규 하고 싸우든 싸움도 식후경 아니냐. 아줌마 여기 밥 주세요. 동태찌개 하고…."

부글부글 끓어 넘치는 찌개 국물 속에서 북한 명천산 동태가 눈깔을 부릅뜨고 우릴 노려보고 있다. 고개를 쳐박고 동태국물을 뜨면서 태빈이 푸념처럼 내 뱉었다.

"미친 놈. 이박행! 누가 빨갱이라고? 이 새끼, 지는 뭐가 잘 났다고 남 말이냐 남 말이. 지 할아비는 친일파였으면서. 그것도 뼈속 깊이 물든 골수 친일파. 그렇지 않으면 얻다가 박(博)자 같은 일본 한자 넣어 이름 지었겠냐. 이등박문 숭배족속들 아니면."

술이 취해 박행이가 못 알아들은 것이 천만 다행이라면 다행이었다. 아니면 또 한번 지글지글 죽은 쭈꾸미 불판이 되살아날 뻔했다. 눈치 빠른 환규가 얼른 거들고 일어섰다.

"야 잘 먹었다. 백성 너 오늘 좋은 곳 보여주고 거금도 썼다. 고마워. 그리고 이박행! 너 자주 싸워라. 그래야 이런 맛있는 저녁 또 얻어먹지. 안 그러냐. 하하하."

밖은 벌써 등도 꺼지고 스산한 가슴 속으로 찬 겨울 바람이 파고 들었다. 공허한 웃음이 바닥에 흩어져 잃어버린 시간처럼 굴러다니고.

아쉽게 인사를 나누고 헤어졌지만 나는 끝내 하지 못했다. 오늘 저녁값 성규가 찔러주더라는 그 말.

---

*KAPF(Korea Artista Proletaria Federation) : 조선 프로레타리아 예술가 동맹.
**시 휴전선: 박봉우의 1956년《조선일보》신춘문예 당선작. 남북 분단 현실 묘사의 대표작.

Spam & Schweppes

— One day, June 2020 in South Korea

"봐요. 올해는 유난히 녹음이 좋아요. 북쪽도 좋네. 가물지도 않고 비가 적당히 와주니 얼마나 좋아요. 그렇게 속썩이던 미세먼지도 물러가고 하늘이 저렇게 파라니…."

깎은 사과를 밀어 놓고 저녁 뉴스 화면을 쳐다보던 아내가 웃으며 한마디 던진다.

"그런 소리 마. 먼지에 쿨럭거리던 때가 얼마 전이야. 아직 모른다고. 언제 또 닥칠지. 항상 만반의 준비가 필요해."

"그런데 저게 뭐예요?"

"TV에 나오는 저 거대한 조형물. 우의의 탑이라고 일종의 북중(北中)관계 상징물이지. 6·25전쟁에서 피로 싸워 맺어졌다고 대동강 기슭에 높이 높이 세웠대."

"대단하네. 그래서 시진핑이 거길 방문하는 모양이지요. 왜들 또 그런데요. 곧 미국도 온다는데 무슨 편가르기 시합도 아니고. 그런데 문대통령은 조용한 걸 보면 별로 편가르기를 좋아하지 않나봐요. 좀 성격이 그래 보여요."

"편가른다고 될 일이 아니야. 자칫하면 한방에 갈 수… 아냐 아냐, 그럴 순 없겠지."

아침 식탁에서 커피를 마시며 배달된 조간 신문을 펼쳐 든다. 우선 굵은 글씨의 큰 제목이 눈에 확 들어온다.

'미군이 성주 밖 사드(THAAD) 사진 공개한 까닭은?'

이번에 공개한 사드는 지난 12일 부대장 이 취임식에서 찍은 것이란다. 미군은 부대 깃발을 든 채 사드와 AN/MPQ-53 레이더, 패트리엇PAC-3을 배경으로 기념사진을 찍었다.

이 부대는 이날 사진을 올리며 'Stand or Die' 라는 말까지 덧붙여놨다. 6·25전쟁 영웅 워커 장군이 남긴 말로 '지키지 못 하면 죽을 뿐' 이라는 뜻이란다.

그리고 그 아래 '웜비어 급사 최대 피해자는 우리' 라는 표제에 그가 김정은 사진이 들어있는 신문으로 구두를 쌌다가 비명에 갔다는 한 미국 젊은이의 우화 같은 얘기도 실려 있다.

사회면 속지를 뒤적이다가 '영화 좋아하는 총리' 라는 제목과 함께 영화상 수상작을 관람하고 있는 망중한의 총리 모습을 봤다. 문득 생각났다.

'나 밀양 사람 김원봉이요'

고개를 45°쯤 올려보며 미남 조승우가 던진 이 한마디가 누군가를 감동시켜 그가 바로 국군의 뿌리가 되기도 했고 얼마를 속없이 내달렸는지 미 동맹의 초석까지 되기도 했다. 웃기는 일이다. 정신이 온전하지 않고서야…

영화가 정치성을 띠거나 특히 바르지 못한 역사의식을 토대로 제작됐을 때 얼마나 위험한 결과를 만드느냐는 히틀러 휘하 문화들이 잘 보여주고 있다.

걱정을 하며 신문을 덮으려는데 맨 끝장 문화면 귀퉁이 어디쯤인가 '6·25'라고 무슨 수학공식 같은 숫자 밑에 시가 하나 실려 있다.

어머니는
솥뚜껑을 열어놓고

보리밥을 푸다가
죽어 있었다

누렁 소는
가래를 멘 채
밭이랑을 베고
죽어 있었다

아버지는
밭머리에 앉아서
막걸리 바가지를
기울이다가 죽어 있었다

어린 동생은
제 머리통만한
개구리 참외 반쪽인가
먹다가 죽어 있었다

모두 그렇게 죽어 있었다
죽음 밖의 죽음으로

죽어 있었다

시인 전봉건이 연작시로 쓰다가 다 끝맺지 못하고 지병으로 죽었다고 해설자는 말했다.

그는 6 · 25전쟁에 위생병으로 징집되어 죽을 고비를 여러번 겪으며 겨우 살아 돌아왔으나 지병인 당뇨가 심해져 죽었다고 했다. 전쟁은 승자도 패자도 없는 오직 메두사의 잔혹한 살인광선만 있을 뿐이라는 김승희 교수의 평도 있었으나 여하튼 그는 전쟁에서는 용케 살아 돌아와 재수없이 지병인 당뇨로 죽었단다. 이왕이면 전쟁에서 죽었으면 여러 모로 영광이었을 것을. 후손들이 많이 섭섭해 했겠다.

신문을 덮으려다가 '사드 논란 도대체 무엇을 위한 것인가?'라는 사설이 보고 싶었으나, 읽으려는 순간 손주 율하가 급하다고 서두르는 바람에 겨우 중간 제목 '발사대 당초 올해 1대 내년 5대, 계획이 변경'이라는 기사를 눈으로 훑고나서 급하다는 손주의 운동회 참가를 위해 아침도 거른 채 주차장으로 내려와야 했다.

율하가 오늘, 용인시가 마련한 '어린이 주먹밥먹기 체험

대회'에 선수로 나가야 했기 때문이다. 많이 늦었다고 불평하는 놈을 싣고 마악 아파트 입구를 나가려할 때 핸드폰이 급하게 나를 돌려 세웠다. 그리고 빨리 되돌아와 준비한 물과 구운 스팸, 슬라이스 치즈를 갖고 가란다.

"여보, 요새 아이들이 주먹밥만 어떻게 먹어요. 입맛이 그래서 되겠어요. 변해도 여러번 변했지. 지금은 우리도 그냥 먹기 힘들어요. 그래서 제 엄마가 스팸도 굽고 치즈도 샀대요. 잘 보세요. 그냥 우두커니 서 있지만 말고 눈치봐서 이렇게 스팸으로 잽싸게 싸고 치즈를 끼워 슬쩍슬쩍 주어봐요. 아마 다른 애들도 다 마찬가지일 거예요."

시간이 늦어 먹기작전에 혹시 지장이 있을까봐 부리나케 달려서 행사장에 도착하여 보니 벌써 행사는 시작되어 주먹밥이 탁자에 산처럼 쌓여있다. 하늘에는 만국기가 휘날리고 운동장에는 군가가 울려 퍼졌으나 율하는 핸드폰에 이어폰을 끼고 요즘 유행하는 BTS의 'Miklokosmos'에 푹 빠져 있다.

— 전우의 시체를 넘고 넘어 (You got me)

— 앞으로 앞으로 (난 너를 보며 숨을 쉬어)

— 낙동강아 잘 있거라 (I got you)

— 우리는 전진한다 (칠흑 같던 밤들 속에)

— 원한이야 피에 맺힌… (가장 깊은 밤에 더 빛나는 불빛)

빨리 먹기 위하여 아이들은 두 손으로 쥐고 볼 우물이 터지도록 주먹밥을 입에 우겨 넣는다. 애 옆에서 잽싸게 스팸과 치즈로 싸서 올려주고 있는 어른들. 목이 메인 아이는 물을 찾지만 엄마와 할아버지는 언제 바리바리 싸갖고들 왔는지 한손엔 그 비싼 슈웹스를 병째 들고 물 대신 먹이고 있다. 이 참을 수 없는 새끼사랑의 가벼움! 까맣게 잊은 망각의 병이여!

태양이 점점 뜨거워지는 2020년 6월, 대한민국. 참 좋다. 정말 좋아.

무슨 빽을 믿는지 잘 모르지만, 이렇게 아이부터 어른까지 느긋이 스팸 주먹밥이나 즐겨 먹고 자유로이 슈웹스 마시면서도 아무 일도 일어나지 않는다면 그까짓 사드 쯤이야 무슨 상관이 되겠는가. 그저 집 나가 아무 소식 없는 금송아지가 문제라면 문제겠지.

한 여름 밤의 꿈

덥다 더워. 정말 덥다.

가만히 있어도 온몸에 땀이 지렁이 기어다니듯 줄줄 흘러내린다. 장마가 지나가고 난 뒤 끝, 내뿜는 지열과 수증기로 방안은 한증막 속을 방불케 한다.

바람 한 점, 구름 하나 없는 이 금요일 저녁.

약속한 소설을 쓰기 위해 책상 앞에 앉았다. 발목 잡힌 포로 같은 신세로 이것저것 끄적거려 보지만 낙서뿐. 노트 한 권이 반쯤은 찢겨 나갔다. 나는 아직도 자판보다 종이가 좋다. 아까운 노트를 이렇게 망쳐놓고 무엇을 썼나 돌아보면 언제나 시작도 안 된 처음과 똑같은 상태 그대로 남아있다. 멀고도 먼 소설과의 거리. 점점 까마득해진다.

빌어먹을! 세상의 모든 소설책을 불살라버리든지 아니면 모든 책방을 폭파해 버리면 어떨까? 텅 빈 머리에 이런 망상들로 가득가득 채워진다.

어쨌든 수북이 쌓인 찢긴 노트장은 나의 능력 부족을 입증하는 충분한 증거 아니겠는가.

저녁도 거른 채 나는 기억도 못할 만큼 커피를 마셔 버렸다. 독한 커피를 그렇게 마셔대는 내가 제 정신인가 걱정도 되지만, 아직까지 커피 많이 마셔 머리가 돌았다거나 무슨 합병증이 생겨 죽었다는 의학계의 연구는 없다.

그러나 이 견딜 수 없는 더위와 능력 부족은 나를 소설쓰기에서 완전 포기하게 만들어 버렸다. 정말 포기해야 하는지 어떤지는 따로 검증이라도 받아 봐야겠지만 나는 스스로 지금은 짐승의 머리상태가 된 것이 확실하고 이미 그속마저 하얗게 쇠어버려 이런 쓸데없는 머리는 광교산 어디쯤에나 갖다 버려야겠다는 생각이 들었다.

시간이 자정을 넘어 새벽으로 흐를 즈음, 어둠 속에서 넋을 놓고 찢긴 노트장을 우적우적 씹고 있는 나를 발견했다.

종이를 씹다가 화들짝 놀란 사실 하나. 아니 언제부터였는지 모르지만 나는 그때까지 내내 알몸으로 앉아 있었다는 사실이었다. 더위 탓인가? 나는 갑자기 내 나체가 궁금해졌다.

　너무 쪼그라들어 잘 보이지도 않지만 마치 저주받은 흉물처럼 매달려 있는 나의 물건을 내려다 보고 난 뒤부터였을 것이다. 써지지도 않는 소설과 씨름하며 머리가 충력되어 있는 동안 벌레처럼 내 몸에 붙어있던 불쌍한 물건 하나. 한없이 무감각해진 그것을 어루만지며 나는 거룩한 남근이라는 단어를 떠올려 봤다. 그리고 그것이 만들어내던 왕년의 강렬한 힘과 쾌감이 그리워졌다. 씨앗이니 뿌리니 그런 말의 뉘앙스를 나는 싫어한다. 왠지 남근이라는 단어는 지금의 나의 그것과는 너무나 어울리지 않았기 때문이다. 물건에 근본과 뿌리의 의미까지 가세했으니 근(根)자 하나의 무게가 천근 만근으로 버겁게 느껴져 아무것도 할 수 없는 지금의 내 것과 비교하면 너무나도 상관없어 보이는 게 당연했다.

　나른한 절망감에 사로잡혀 한참을 침대에 누워 있었다.

　안 써지는 소설 때문인지 남근은 아무리 만지작거려도

전혀 살아날 기미도 보이지 않는다. 수분을 빨아올리는 뿌리가 모조리 말라죽은 풀. 그런 이미지를 걷어내기 위해 수음도 생각해 보았지만, 나의 그것은 영원히 남근이 되지 못할 것처럼 속수무책이었다.

속수무책(束手無策). 그럴 듯한 말이다. 손을 묶어둘 수 있는 방법이 오직 팽팽한 발기뿐일 텐데 그것 말고 달리 무슨 일인들 할 수 있으랴.

그런데 소설과 이것은 대체 어떤 상관관계가 있는 것일까?

한번 생각해 보자. 소설이 쓰여지지 않을 때마다 발기불능이 되는 것인지 아니면 발기불능이기 때문에 소설이 쓰여지지 않는 것인지. 그렇다면 문제는 오히려 간단해진다. 뭐 좀 괴롭더라도 소설을 포기하면 될 것이다. 나 하나쯤 소설을 안 쓴다고 이 나라 소설계가 어떻게 되는 것도 아니고. 알다시피 널려있는 게 소설가고 시인들일 테니까.

우라질! 성욕의 건재를 위해 소설을 포기해야 한다 아니면 소설을 쓰기 위해 성욕을 포기해야… 그런데 말이 되는가 이게? 하지만 이상한 것이 소설이 안 되면 이것도 안 된다는 것이 현실이니 말이다. 마치 불쏘시개 없는 장작 아궁이처럼.

얼마나 지난 뒤일까.

나는 어떤 식으로든 출구를 찾아내야 한다는 위기감에서 나도 모르게 입에 발린 험한 욕들을 마구 쏟아내기 시작했다.

"쉬팔, 쉬팔! 그래 소설 안 써져 죽은 사람 있어? 있으면 나와 봐. 나와 보라니까. 빌어먹을!"

고래고래 지른 고함이 원인이었는지 여태까지 생선 썩는 것같이 나던 내 사타구니 냄새가 이상하게도 무슨 향수 냄새 같은 것으로 조금씩 조금씩 변해지는 것이었다. 매혹적이기까지 하다. '씨 로즈 뮤즈'. 옅은 장미향이 코끝으로 슬며시 감겨온다. 언제였나. 기억을 더듬으며 서서히 절망감에서 벗어나며 차츰 숨이 가빠오기 시작했다.

베네데타 까를르니*

그리스도와 심장을 나누며 신과 결혼했다는 성녀. 그 이름을 세례명으로 갖고 있는 여자. '알마니' 장미향 스킨을 좋아하던 머리가 긴 육체파 여자. 몇 년 전인가 해변가 어느 모텔에서 동침했던 그녀가 이럴 때 왜 생각나는 것인가.

밤이 이울어 별이 하나 둘 숨을 무렵이었다.

"소설이 쓰여지지 않아 미치겠다. 그래서 당신에게 구원을 받고 싶어. 제발 나를 여기에서 좀 건져내줘!"

전화로 내 애기를 듣고 있던 그녀가 꼭 한가지만 묻고 싶다고 했다.

"구원하는게 뭐야? 그래서 무엇을 어떻게 해주면 되는데…."

그녀는 아마 내가 자신에게 원하는 것이 무엇인지 한마디로 잘라 말하라는 것이다. 나는 크게 외쳤다.

"지금 빨리 나하고 만나야겠어!"

"지금 당장?"

그녀는 깜짝 놀란 목소리였다.

"그래, 지금 나는 아주 급하고 절박해."

이건 애원이었다. 한참이나 침묵의 시간이 흐른 뒤 그녀는 말했다.

"지금 당신이 겪고 있는 마음의 고통은 이해해요. 글을 쓴다는 것, 그리고 무엇인가를 새롭게 창조한다는 일이 얼마나 힘들고 고뇌에 찬 일인지 알 것도 같고. 하지만 이렇게 당신의 욕망 탈출로 구원을 얻을 수 있기는 한 건가요. 정신의 막힌 출구가 육체를 통해 뚫을 수 있다고 생각하는 거. 이거 너무 속된 당신만의 '도그마' 같지 않아요?"

화를 낸 그녀가 전화를 뚝 끊는다. 그녀의 말이 귓 속에 남아 오래오래 소리쳤다.

"속된 '도그마'! 속된 '도그마'라…"

그렇지, 그렇지. 무슨 말인지 왜 모르겠는가.

이렇게라도 해서 막혀있는 영혼이 풀어질 수만 있다면 그나마 무엇이라도 좀 쓰여지지 않겠는가. 더하여 나의 그럴 수밖에 없는 절박감도 조금은 헤아려 줄 수도 있을 것 같고.

그러나 실망이었다. 믿을 곳이 하나도 없었다. 가까스로 추스려 내려다 본 내 물건은 이제 완전히 말라 비틀어져 모양마저 잃고 작은 번데기처럼 붙어 있었다. 어떡하든 불쏘시개가 필요한데. 혼돈에 휩싸여 비틀거리다 찬물을 끼 없는 것 같은 전화가 걸려온 것은 거의 날이 밝아오는 새 벽녘이었다. 그녀의 말은 단호했다.

"더 이상 말하지 않을 게요. 아주 순수하게 섹스만 하러 오세요. 씌어지지 않는 소설이나 고뇌 따위는 벗어버리고 오직 동물적 욕구만 갖고 오세요. 모르긴 하지만 그것만이 당신을 구원할 수 있는 유일한 방법이라면 말예요."

날이 샜다.

밝은 빛이 흘러 넘치는 방안에는 여기저기 찢겨진 노트장이 나뒹굴고 침대에는 알몸에 간신히 아랫도리만을 가리고 누워있는 나 하고는 상관없는 듯한 다른 누군가가 보였다.

더위가 목을 비틀어 정신까지 옭가매버려 그가 쓰려든 소설은 실없는 한 여름 밤의 몽상처럼 되어 버렸다. 그래 이렇게라도 그가 소설을 계속 써야 하는 것인가. 왜?

---

*성녀(1590~1661) : 이태리. 30세에 신의 계시를 받아 수녀원장이 되었으나 섹스 스캔들로 화형 당함. 폴 버호벤 감독의 영화로 유명.

세상사의 배면을 읽는 열혈의 눈길

— 백성 스마트소설집 『옥수동 불빛』

1. 지금 여기에서의 스마트소설

스마트소설은 일반 소설과 같이 기승전결의 구조를 갖고 그 가운데 문학적 혜안과 통찰을 보여주되, 내용이 함축되고 짧은 것이 특징이다. 일반 소설의 형식을 모두 갖추고 있으나, 그 분량이 콩트 곧 장편(掌篇)처럼 짧다는 말이다. 그런 만큼 삶의 희로애락 중 어느 한 단면을 부각하여 한 컷의 불꽃 사진처럼 그려 보이는 것이다. 이러한 소설의 외형은 오늘날 남녀노소 갑남을녀 누구나 손안에 간직하고 있는 소우주, 핸드폰에 탑재하여 읽기 좋다는 장점이 있다. 동시에 길고 복잡한 글을 멀리하며 영상 정보에 익숙한 현대 문화소비자들의 취향에 부합하기도 한다.

여기에는 짧은 글을 향유하는 시대적 흐름에 따라 문학의 유연성을 구현한다는 뜻도 있다. 문학 장르로 오랜 이름을 가진 콩트나 엽편소설(葉片小說), 그리고 서구에서 오래 창작된 미니픽션(Mini Fiction) 등이 스마트소설의 전신(前身)이라 할 수 있다. 문학사적으로는 황순원의 짧은 단편「탈」이나 허버트 렐리호의 콩트「독일인의 선물」등이 곧바로 스마트소설이라 할 수 있는 작품들이다. 스마트소설이란 용어는 지금으로부터 13년 전 계간《문학나무》가 '스마트소설박인성문학상'을 제정하면서 처음으로 등장했다. 이를 주관한 이 문예지의 주간 황충상 작가가 200자 원고지 7매, 15매, 30매 등 짧은 길이의 이야기로 규정했다.

스마트소설은 '스마트'라는 표제를 '소설' 앞에 덧붙임으로써 그 장르의 성격과 의미를 표방한다. 소설이 근대성의 표출과 시민의식의 확립에 발맞추어 성장한 문학 형식이며, 오늘날에는 비유와 상징의 기법으로 표현하는 시보다 이야기로 풀어서 발화하는 소설이 더 영향력을 발휘하는 추세다. 그와 같은 강세를 덧입고 있는 스마트소설은 진중한 예술론에 명운을 걸기보다는 창작의 현실이 보다 즐겁고 일상의 삶에 유익한 것이기를 추구한다. 이른바 '생활문학'의 한 유형이라고 할 수 있다.

이번에 스마트소설집『옥수동 불빛』을 상재(上梓)하는 백성의 본명은 백성기다. 그가 이름 한 글자를 지우고 '백성'이란 필명을 내세운 의도를 여러모로 유추해 볼 수 있다. 소설이란 양(洋)의 동서를 막론하고 근대 이후에 형성된 문학 장르로서, 서민과 민중 곧 백성을 중심에 두는 사상과 더불어 성장한 것이다. 그는 충남 보령에서 태어나 서울에서 성장하였으며, 성균관대 국제통상대학원과 중앙대 예술대학원에서 수학했다. 2015년《문학나무》에 시「처서」외 4편이 추천되어 등단했으며, 그동안 여러 문학상을 수상하면서 작가로서의 가능성을 증명해왔다. 시집으로『홍사를 풀며』,『백수선생 상경기』,『천상의 소리』등이 있고 소설집『번트 사인』이 있다. 이번 스마트소설집『옥수동 불빛』에는 모두 20편의 작품이 실려있다.

2. 변화하는 사회와 세태의 관찰

제1부의 첫 작품「성복동 갈매기」는 얼핏 김광섭의 시

「성북동 비둘기」를 연상하게 한다. 미상불 작가는 이 언어 조합의 유사한 포맷으로부터 이야기를 시작한다. 산업사회의 대표적 희생물이 성북동의 비둘기인 만큼, 수지 광교산 자락 제일 깊은 곳인 성복동의 갈매기 또한 여러 가지 의미망을 두르고 있다. 작가는 이곳의 갈매기가 대체로 늙었으며 선글라스를 쓰고 있다는 기상천외한 표현을 내놓는다. 그 선글라스는 세계를 종횡으로 누비던 '국제 상사맨'의 표상이었다. 하지만 가는 세월에 밀려 성복동에까지 흘러 들어왔으니, 서두에서 본 성북동 비둘기와 형편이 크게 다르지 않은 신세가 된 셈이다. 그 성복동도 도시화 개발 앞에 노출된 형편이 되었으니, 두 동네의 상거(相距)는 멀지만 산업사회의 물량 세례를 맞는 운명은 마찬가지인 터이다.

「종점에서」는 대장암 2기 판정을 받고 수술한 경력이 있는 화자가, 다시 그 병동을 찾아 담당 의사와 대화하는 이야기다. 환자는 의사의 말을 따라야 하는 '을'이지만, 자신의 생각마저 그러한 것은 아니다. 의사는 별로 특이사항이 없으나, 화자의 아내더러 한번 나와 보았으면 한다. 화자가 의아하고 유쾌하지 못한 사정은 당연지사다. 귀가 길에 지하철에서 졸다가 화자는 종점까지 가고 말았다. 이 장면에 이르러 작가는 뜬금없이 이형기의 시「낙화」한 구절을 불러온다. "가야 할 때가 언제인가를 분명히 알고 가는 이의 뒷모습은 얼마나 아름다운가"에서 '가야할 때'를 '내릴 때'로 바꾸어 놓고 있기는 하다. 소설의 화자는, 이 시대를 사는 우리 모두 그러하듯이 불확실성의 삶을 감당하고 있다. 그것은 때로 분노이기도 하고 또 때로 허탈함이기도 하다.

「옥수동 불빛」은 한강을 사이에 두고 마주 보고 있는 압구정동과 옥수동의 관계를 매우 이채롭게 조명한 작품이다. 세월이 흐르고 세상이 변하는 동안, 두 지역은 강남과 강북으로 구분되어 그야말로 상전벽해(桑田碧海)의 반전을 거듭한다. 이제는 야경이 휘황한 압구정동에서 창부가 된 여자와 옥수동의 빈한한 편의점 노인이 대화를 이어가면서 이 변모의 과정과 의미에 대해 소통한다. 이는 근대에서 동시대로 넘어오는 길목을 함께 목도한 이들의 체험담이자 그 무상(無常)함에 대한 탄식이다. 동시에 각자의 인생이 제 몫의 짐을 지고 살아야 한다는 엄중한 규율을 확인하는 일이기도 하다. 작가는 한강에 있는 32개의 다리를 잘 알고 있으며 그 중에서 두 지역을 연결하는 동호대교가 최단 거리임을 알고 있다. 그 가까운 거리에 대해 두 곳의 현재의 지형적 위상이 가장 멀다는 사실에 아이러니와 짙은 상징이 포함되어 있다.

「사랑의 성자 컵라면」은 '2024 황순원스마트소설 공모전'에서 금상을 수상한 작품이다. 우리 주변에서 흔하게 볼 수 있는 컵라면에 '사랑의 성자'란 호명을 붙였다. 작가가 보는 컵라면은 '빈자의 벗'이다. 어렵고 힘들게 사는 사람들이 시간에 쫓겨 급하게 먹는 음식이 컵라면이라고 전제한 것이다. 더불어 이를 의인화하여, 인간 세상에서 이루어질 수 있는 여러 담론을 활달하게 펼쳐 보인다. 이와 같은 컵라면의 존재 이유와 가치에 대해, 컵라면이 스스로 변론할 수 있는 기회가 소설 가운데 공여되어 있다. 재미있는 것은 세계노숙자협회(WHA)가 컵라면을 그해 최고의 식품으로 선정하고 '세인트' 칭호를 수여한다는 발상이다. 소설의 말미에서는 프란치스코 성자와 붓다까지 동원되어 컵라면의 공로를 인정하고 있으니, 컵라면 하나로 세상천지의 모든 담화를 다 감당한 형용이다.

「아방궁 옆 아자방」은 '나'와 '그녀'의 음식 다툼에서 시작한다. '나'는 학교 선생을 그만두고 소설을 쓰겠다고 양수리로 내려온 사람이다. 그녀는 그러한 '나'와 몸과 마음을 나누는 친숙한 사이다. 이 소설에 등장하는 아방궁은 중국집 이름이 아니라 무한 리필 캠핑 고기집이다. 두 사람은 그 식당에서 포식을 하고 나왔다. 이후의 육체적 접합에서 '나'는 문득 그녀의 내면, 끝 모를 심연의 바닥에 '파란 등불이 하나' 켜져 있음을 본다. 그리고 언제나처럼 그녀는 일상을 향해 총총히 떠나갔다. 혼자 남은 '나'는 불을 켜고 쓰다 만 소설 원고를 열었다. 다음은 그 원고의 일부다. "아방궁은 주지육림이고 아자방은 깨우침의 화살을 심중에서 꺼내 들고 '부처 나오너라 쏴 죽이겠다' 하는 방이다." 여기에서의 아자방이 '방고래를 아(亞)자 모양으로 놓은 방'이라는 원래의 의미와 어떤 상관성을 갖고 있는가를 알기는 요령부득이지만, 이 서사가 작가로서의 삶과 창작이 심각한 불협화를 이룬다는 사실을 증거하는 데는 큰 어려움이 없어 보인다.

3. 인생유전의 여러 유형과 경로

「고성에는 왜 왔소?」는 강원도 고성이라는 바닷가를 왜 왔느냐는 질문이 소설의 제목이 된 작품이다. 하루키의 소설에 매료되어 있는 '나'는, C라는 인물이 고성에 있는 작은 아파트를 써도 좋다고 말한 때문에 고성에 왔다. 아야 진항의 '갈매기 회 쎈타'를 찾아 들어간 '나'는 주인 노인과 이런저런 얘기를 나누게 되고, 그 대화 끝에 40년 전 그 인근에서 만났던 백화를 이끌어 낸다. 백화라면 일찍이 황석영이 「삼포 가는 길」에서 형상화한 그 캐릭터를 떠올리게 하는데 마침 삼포라는 포구도 가까운 곳에 있다. 그런데 그 외에도 이 소설에는 강력한 암시적 장치들이 매우 많이 있다. 젊은 날의 '나'가 버린, 백화인 듯 보이는 여자와 그 아들 만호는 영락없이 이효석 「메밀꽃 필 무렵」에서처럼 친자 확신을 불러온다. 우리 생애의 인연과 회한을 동시에 감각할 수 있으나, 스마트소설로서는 스토리의 중량이 너무 큰 편이다.

「노란리본 달기」는 일단의 친구들이 '문철이 어르신'의 생애에 대해 그 속내를 이해하는 과정에 이르는 소설이다. 평생 사과 농사만 지었다는, 이제 고인이 된 그 어르신은 맑은 사과나무의 영혼이 가을 사과 열매를 빨갛게 물들인다고 믿었다. 사연을 알고 보면 문철의 손 위에 누이가 있었고 그 누이가 과수원이 되었으며 아버지는 한세상이 다 가도록 누이를 기다렸다는 것이다. 찢어지게 가난했고 젊은 날에 딸을 외국으로 입양 보내고, 몇 푼 보상금으로 과수원을 시작했다면 틀린 말이 아니다. 문철의 어머니까지 일찍 떠나자, 딸 생각이 심했던 아버지는 사과나무에 리본을 달기 시작했다. 마치 '참나무에 노란 리본을 걸자'는 노래처럼, 속죄와 참회의 심정으로 그와 같은 리본 달기를 시작했으나 결국 속절없이 먼저 떠난 아내를 따라갔다. 가난, 입양, 참회, 그리고 기다림의 여러 정서가 짧은 소설 한 편을 가득 채웠다.

「구순 씨의 하루」는 배달 일을 하는 노인 구순 씨가 아내의 기일(忌日)을 맞는 심사와 그 가정의 풍경을 그린 소설이다. 아내의 5주기에도 일을 나가며 아들 부부에게 딸 미현이도 올 테니 제사 잘 지내라고 당부한다. 3년째 온라인 상품 배달을 하는 구순 씨는 성남 분당 쪽으로 가는 물건이 없는가 확인한다. 성남 추모공원 납골당에 아내가 영면(永眠)하고 있는 까닭에서다. 그런데 맡은 일의 배달 과정에서 잘못 전달되는 사고가 나지만, 구순 씨는 그 배달 대상자의 아픔을 이해하는 따뜻한 마음으로 일을 잘 해결한다. 이러한 이야기의 흐름 가운데 아내를 만났던 지난날을 떠올리고, 그 아내와 더불어 친하게 지냈던 천안댁을 찾아간다. 40년 넘게 해장국 장사를 해온 천안댁은, 아내도 원하는 일이라며 그와 몸을 합한다. 짐짓 급박한 느낌이 없지 않으나, 이들이 함께 나누는 따뜻한 마음 씀새는 그대로 남는다.

「득기가 죽던 날」은 경상도 산골 소읍 K중학 동창인 친구들이 모여, 여러 에피소드를 떠올리면서 친구 득기의 죽음에 대해 의견을 나누는 소설이다. 득기는 친구들 사이에 '탱크 같은 놈'이었으며, 사인(死因)은 심장마비였다. 그의 죽음이 의아한 친구들이 장례식장에서 만났다. 득기는 좀 살만한 집에서 태어났으며 한학자 집안의 자손이었다. 다만 그의 이름 '안득기'로 인하여 고생을 했고, 한의대 시험에 떨어진 뒤 보청기 장사를 해서 성공했다. 아내와 아들은 그와 잘 맞지 않아 그의 삶이 궁벽하게 되었는데, 친구들은 모두 득기를 좋은 친구로 기억하고 있다. 문제는 70을 넘긴 이 연배의 모든 이들이 이와 같은 일을 겪을 수 있고, 누구나 먼저 떠난 자와 나중까지 남은 자가 될 수 있다는 개연성과 보편성이다. 그렇다면 이 가벼운 터치의 소설 가운데도 삶의 이치와 교훈이 숨어있다 할 것이다.

「장마를 위한 랩소디」는 이 작가의 소설들 가운데서도 가장 거칠고 과격한 이야기들을 포함하고 있는 작품이다. 부제로 붙어 있는 '정육식당 '풍경 한우'에서 듣는 칼의 노래'란 상당히 길고 복잡한 언사를 보면, 소설적 이야기의 바탕에 어떤 구체적 모델이 있는 것으로 보이기도 한다. 물론 소설이라는 문학 장르는 이러한 짐작의 구속으로부터 훨씬 자유롭다. 작가는 '칼잡이' 또는 '백정'이란 어휘에 실려 있는 의미의 무게를 '예술가'의 차원에서 해석하는 다양성을 보인다. 광교산 형제봉 등산으로 입구에 있는 고기집에서 그 주인이 살아온 삶의 행적을 대화체로 듣는 과정에, 주로 여자와 폭력과 성적 행위에 관한 것이지만 그 현장의 사실성으로 만만치 않은 서술의 힘을 보여준다. 욕망과 육정을 따라 떠돈 세상살이, 세월의 경과와 삶의 변화 양상이 무겁게 실려 있다.

4. 불확실성 시대와 인간의 운명

　제2부의 첫 소설 「이름 없는 남자」는 경찰서에서 조사받는 남자로부터 시작된다. 이 남자는 이름이 없다고 말하면서도 상황에 따라 불리는 이름이 여러 가지라고 진술한다. 퀸스테이블 9번 멤버, 3328, 드로킹 2030, 셋째, 킹크랩 등 온갖 이름이 다 등장한다. 그런데 지문 조사에서 그의 본명이 밝혀졌다. 나익명이다. 이를테면 자신은 이름이 없

다는 뜻이다. 이 남자는 PC방에서 어떤 여자를 더듬었다는 죄목으로 경찰 조사를 받고 있는 중이다. 이 짧은 소설은 오늘날과 같이 한 사람을 지칭하는 이름이 여러 가지로 분화하는 복합 호칭의 시대, 대상이 되는 사람은 분명히 있는데 그 이름을 명확하게 말할 수 없는 익명성의 시대를 예리하게 비판한다. 우리 모두 그와 같은 시대상의 목격자이면서, 동시에 그 대상이 되는 불확실성의 시대를 살고 있다.

「백수 명함」은 일이 없거나 일을 그만둔 백수의 삶과 그것이 가진 중층적 의미를 탐색한 소설이다. 여기에서의 '나'는 몇몇 대학 시간강사로 출강한 경력으로 선생 모임의 참석자가 되었다. 어느 날 지방에 있는 회원들까지 상경하여 총회를 하는 자리에 나갔다가, 자신을 김 아무개라 소개하는 친구를 만났다. 그는 '나'를 소설 쓰는 백 아무개로 알고 있다. 시골 중학교 국어 과목 정교사로 정년을 했다는 그의 명함에는 백수 김 아무개라 적혀 있다. 그가 준비하고 있는 '백수'론은 다층적인 의미가 있다. 심지어 어머니가 기도하던 정한수 백수 한 사발까지 언급된다. 돌아오면서 확인한 그의 명함에는 괄호 안에 '백수(白水)'라는 작은 글자가 있다. '나'는 그가 어떻게 그렇게 '향기 높은 벼슬'을 가질 수 있었을까 하고 반문한다. 우리 시대 세상사의 선명한 한 풍속도다.

「기이한 동행」은 북악산 기슭의 작은 소로 옆 버스 정류장이 배경이다. 한쪽 유리 벽에 기대앉은 사람이 있는가 하면 멀리 안개 속에서 걸어온 백발의 노인이 있다. 두 사람은 서로 별 내용 없는 대화를 시작한다. 선경(仙境)처럼 아름다운 북악 아래에서, 딱히 이들의 대화가 중심 줄기를 갖고 있지는 않다. 앉아 있던 등산복 차림은 다리를 삐끗해서 움직일 수가 없다. 그는 비밀번호가 생각나지 않아 아이폰을 열지 못하고 있다. 이들의 시간은 정지되어 있고, 그 국면에서 주로 노인이 묻고 등산복이 답한다. 노인은 6·25 때 격전지였던 다부동을, 그리고 등산복은 어머니가 있는 창녕으로 가보고 싶다 한다. 때마침 저 멀리 버스가 오고 두 사람은 조용히 일어섰다. 기이한 동행이라는 언표(言表)는 여기에까지 이른 이들의 우연한 만남에 그치지 않는다. 이들을 태우려는 버스는 온통 노란 꽃으로 장식된 검은 리무진이고, 그 길은 '구름행'이다. 이들은 니콜 키드먼이 주연한 영화 「디 아더스」에서처럼, 언필칭 이 세상 사람이 아닌 존재들이었다.

「권력과 폭력 사이」는 우상경이라는 한 의무경찰을 중심으로, 우리 사회에 편만해 있는 권력과 폭력의 구조적 문제에 의식의 잣대를 갖다 댄 소설이다. 우 상경은 청와대 W수석의 아들이며, 의경으로 근무하는 동안 특별 대우를 받았다는 것이 언론에 보도되면서 사단이 벌어진다. 그의 아버지는 자신의 정치적 욕심 때문에 미국에서 공부하던 아들을 강제로 입국하게 하고 군, 곧 의경에 입대시켰다. 아들의 눈으로 보아도 그 아버지 W수석은 '정말 죽일 놈'이다. 이 소란에 나흘째 숨죽이고 있던 '나'는 여친 혜인을 불러 탈출을 감행한다. 미국에서부터 함께한 사이다. 이들은 혜인의 차로 1시간 거리의 강릉으로 갔고, S호텔 나이트클럽에서 더 큰 사고를 친다. 이때 '나'가 가슴에서 느끼는 통증은 병원에 가서 나을 수 있는 종류가 아니다. 작가는 권력의 검은 특혜를 누리고 있는 자의 가슴에 남모르게 숨어있는 심리적 상처에까지 시선을 두었다.

「한여름 밤의 꿈」은 소설 쓰기의 고통을 겪고 있는 화자를 상정하고, 그 창작의 숙명이 초래하는 난맥상을 디테일하게 그린 작품이다. 그는 더위와 과도한 커피와 능력 부족이라는 자책감은, 노트 장을 찢어 우적우적 씹고 있는 자신을 발견하는 데에 이른다. 심지어 내내 알몸으로 앉아 있기도 한다. 화자는 소설이 쓰여지지 않은 것과 성적 발기불능 사이에 어떤 상관관계가 있는지 궁금하다. 객관적으로 보아 별반 관련이 없어 보이는 이 두 가지 문제가 화자에게는 절박한 명제로 다가온다. 문득 해변 어느 모텔에서 동침했던 여자가 떠오른다. 그녀는 소설이 진척되지 않는 화자의 고통을 이해한다면서, 거기에 탈출구로 섹스를 결부하는 것은 '속된 도그마'라고 충고한다. 그러나 그는 여전히 소설과 섹스의 상관관계에 묶여 있고, 불명확한 삶의 그림자에 연동된 우울한 인간의 운명을 대변한다.

5. 일상적 삶 속의 역사 인물 풍자

「뽀로로 놀이」는 2018년 4월 26일 문재인과 김정은의 판문점 회담을 통렬하게 풍자한 소설이다. 이 회담을 위해, 문재인의 상징어로 캐릭터의 이름이 된 '달님'에게 실장은 정치나 군사 관련 주제는 꺼내지도 말고 인간적인 얘기를 하라고 권유한다. 이른바 'Moon's Sonata 플랜A'의 브리핑에서다. 두 최고 지도자는 도보다리의 산책길을 걷기로 계획되어 있고, 미상불 이는 70여 년 분단 역사에 있어 획기적인 사건이다. 회담 전야가 기울고 북악산 위로 하얀 반달이 떠올랐다는 장면도 시사하는 바가 있다. 두 정상은 기념식수로 53년생 소나무 한 그루를 심고 제주도 흙과 백두산 흙을 섞어 묻었다. 이들의 산책이 다리 초입에 이르렀을 때 새 소리에 놀란 달님이 위원장 뒤로 몸을 숨긴 일, 달님이 손자의 핸드폰 전화를 받는 일, 김여정이 산달에 가까웠다는 대화, 그리고 결정적으로 달님이 건넨 USB가 '뽀통령 제6기'였다는 상황 구성 등은 이 회담을 두고 나온 어떤 평가보다도 풍자적이고 우화적이며 그 자장(磁場)은 강렬했다.

「장군의 실종」은 이 소설의 첫 문장처럼, 그야말로 '하나의 사변(事變)'에 해당하는 상상력을 보여주는 작품이다. 적들이 조용히 서울로 돌진해 왔고, 광화문에 있어야 할 장군의 모습이 보이지 않는다. 이때의 '적들'이 누구인지, 미세먼지 또는 어떤 자연현상인지는 분명하지 않으나 모습을 감춘 장군은 이순신 동상임이 분명하다. 문득 장면이 바뀌어 정체불명인 초로(初老)의 인물이 '건장한 장년 하나'를 모시고 20층 오피스텔로 들어간다. 초로의 인물은 글을 쓰는 K작가이고 장년은 이순신 장군인데, 장군이 작가를 찾아온 상황이다. 이들의 대화가 시작되고 장군은 작가가 쓴 자신의 이야기와 인간적 면모의 표현에 대해 얘기한다. 이후 하동 포구에서 장군을 봤다는 소문도 있었으나, 울돌목 너른 바위에 신발 한 짝이 남겨져 있어 장군이 간 곳을 짐작한다는 마무리다. 이순신 장군을 이와 같은 방식으로 새로운 전쟁 소설 속에 불러낸, 사상 최초의 발상이 아닐까 한다. 세기적 자연 재해에 대한 통렬한 비유가 돋보인다.

「꼬리를 위한 찬가」는 장어 꼬리에 대한 여러 삽화와 『군주론』을 쓴 이탈리아의 정치사상가 마키아벨리를 한 데 결부한, 사뭇 재미있는 소설이다. 발단은 대학교수 C의 에세이집 『내 친구 마키아벨리』 출판기념회가 열리던 날 장어구이집에서다. 장어 꼬리가 '제일 웃전'이라는 공감대가 형성되어 있고, C의 장어에 관한 장황한 연설이 있다. 그는 마키아벨리가 '가난한 야망가 만이 꼬리를 차지할 수 있다'고 말했으며, 자신은 꼬리를 먹을 충분한 자격이 있다고 강변한다. 장어 꼬리의 논리와 마키아벨리 사이에 어떤 인과관계가 있는지 잘 가늠이 되지 않으나, 꼬리가 장어를 움직이는 실질적인 힘이라는 주장과 방법보다 목적을 앞세운 『군주론』의 주장 사이의 거리가 그다지 멀어 보이지 않는다. 문제는 평범한 일상 가운데서 역사 인물을 유추한 이 작가의 저력에 있다.

「지글지글 쭈꾸미 불판 같은」은 경복궁역 부근 '춤추는 쭈꾸미'라는 선술집에서 친구들이 모여 나누는 잡담 수준의 대화를 바탕에 둔 소설이다. 친구들을 초대한 인물의 이름이 '백성'이니, 작가가 자신의 주관적 관점으로 썼음을 말한다. 이들은 고교 동창 모임으로 산행(山行)을 함께하며 나이는 70이 넘었다. 이 집은 화가 박수근, 작가 황석영 등이 단골로 다녔다는 뒷그림도 있다. 친구들 중 이박행이 성규를 괴롭히는 이유가 그가 '공산당'이 되었기에 그렇다는 언술이 있고서, 대화는 사회·역사적 차원으로 넘어간다. 현대문학 초기의 북한 문학을 대표하는 작가 이기영이 호출되어 그가 성규의 할아버지란 정보가 공개된다. 당연히 성규가 연좌제에 걸려 유학이든 뭐든 아무것도 할 수 없었고, 그로 인한 삶의 전개가 이박행의 입을 통해 노출된다. 거기에 가상현실의 한 모습으로 '환영 김정은 방남' 플래카드 얘기도 나온다. 이 소설 또한 평범한 일상에 시대사의 음영을 드리운 사례다. 정이 넘쳐야 할 친구의 모임에서도 그 지긋지긋한 이념이 지금도 「지글지글」 끓고 있다.

「Spam & Schweppes」에는 'One day, June 2019 in South Korea'란 부제가 붙어 있다. 스팸(Spam)은 통조림

으로 된 식품 이름이며, 슈웹스(Schweppes)는 전 세계에 판매되는 음료 브랜드다. 이 소설에서는 처음부터 북중(北中) 관계의 상징물인 '우의의 탑'이나 미군의 '성주 사드(THAAD)' 그리고 미국인 청년 웜비어 사건 등이 연속적으로 제시된다. 그런가 하면 월북한 독립운동가 김원봉, 6·25를 소재로 시를 쓴 시인 전봉건 등이 이어 나온다. 이러한 소설적 서술의 양상을 보면, 이 작가가 오늘의 현실에 역사적 사건을 대입하여 일정한 관점을 피력하려는 의도를 가진 것 같다. 그러나 말미에 이르러 6월의 여름날에 아이부터 어른까지 '스팸 주먹밥'과 슈웹스 음료를 마시면서 자유롭게 사는 정황을 가져다 둔다. 평범한 일상과 역사적 사건을 한 자리에 풀어놓은, 생각이 많은 작품이다.

6. 그가 지은 풍자와 우화의 세계

백성의 이 창작집은, 일견 스마트소설을 묶어 한 권의 단행본을 낸다는 의미에서 스마트소설집이라 명명했다. 그러나 어떤 의미에서는 분량이 좀 짧은 작품들로 구성된 단편 소설집이라 해도 크게 무리가 없어 보인다. 중요한 것은 그가 자신의 세계 하나를 새롭게 축조하면서, 현실에 대한 풍자와 그것을 돋보기에 하는 우화(寓話)의 세계를 매우 밀도 있게 제작했다는 사실이다. 때로는 일상생활과의 접점에서, 또 때로는 시대와 역사 속에서 사건과 인물을 초치(招致)하면서, 그의 세계는 다채롭고 흥미로우며 기상천외할 때도 있다. 이는 그의 서사적 상상력이 소소한 구애(拘礙)에 얽매이지 않고 활발하게 개방되었다는 증빙이기도 하다. 그는 소설 속에 지속적으로 글쓰기의 주체인 자신을 투영하며, 스스로의 의식과 글쓰기 행위가 동일선상에 있음을 보여준다.

모두 2부로 구성된 이 창작집은 대체로 중심 주제나 표현 형식의 유사성에 따라 두 단락으로 구분되어 있다. 1부는 목전에 있는 변화하는 시대와 사회상 그리고 그에 따른 세태를 관찰하는 작품들, 그리고 누구나 감당하며 살아가는 자기 몫의 인생유전(人生流轉)과 그 유형 및 경로를 보여주는 작품들이다. 2부는 일찍이 하버드대학의 존 갤브레이스가 언명(言明)한 '불확실성의 시대'를 여러모로 탐색하는 작품들, 그리고 우리가 범박하게 누리고 있는 일상생활 가운데 역사적 사건과 인물을 불러내어 그 양자를 거멀못처럼 함께 엮은 작품들이다. 이러한 작품들을 통독해 보면,

이 작가가 가진 세계 인식의 모양과 빛깔이 하나의 형용으로 귀결되지 않고 자못 다양다기한 특성을 가졌음을 알 수 있다.

무엇보다도 그의 장점은 풍자적인 관점을 활용하고 더불어 우화적인 이야기 환경을 만들어 낸다는 데 있다. 이는 동시에 스마트소설이 갖는 특징을 그의 창작 세계에 자연스럽게 대입하고 있다는 의미이기도 하다. 앞서 언급한 스마트소설의 혜안과 통찰, 삶의 한 단면을 부각하여 한 컷의 불꽃 사진처럼 그려 보이는 창작 방식이 그의 세계에 장착되어 있다. 그런 만큼 우리는 이 창작집을 통하여 좋은 소설, 좋은 스마트소설 작가를 만나게 되는 셈이다. 하루가 다르게 세상이 변하고 모두 그 속도감을 좇아가기 어려운 시대에, 우리가 앞으로도 백성의 소설을 통하여 세태의 본질을 읽어내며 그에 따르는 공감의 기쁨을 함께 누릴 수 있기를 기대한다. ✱

백성은 웃을까

나는 왜 백성의 스마트소설 2집 『옥수동 불빛』을 '옥수동 등불'로 읽는가. 표제 작 내용의 빛의 밝기가 마음에 와서 불빛이 아니라 등불로 읽히는 것이다. 이 간단한 답에 백성은 설득당하지 않는다. 옥수동에 사는 나이 많은 노인의 마음, 중년 작부의 마음 빛깔을 당신이 어찌 알아, 하는 백성의 표정에 나는 당혹할 뿐이다. 그렇다면 나는 문장의 화살이 백성의 마음을 뚫는 답을 써야 한다.

간단명료한 직관의 이미지를 그려 쓰는 것이 스마트소설이다. 그 이미지의 상충, 의미의 합일, 어쩌고 가상의 지론을 나는 우물거린다. 그렇다. 스마트소설의 단순 형식이 활이 되고, 직선, 곡선의 문장이 화살이 되어야 독자의 심중을 꿰뚫는다. 그러나 스마트소설를 활과 화살로 그려내기는 결코 쉽지 않다. 그런데 백성은 구렁이 담 넘어가듯 스마트소설을 자연한 필치로 잘도 쓴다. 이 구술적인 능청의 글쓰기는 스마트소설에 대한 잘 쓰고 못 쓰고의 판단을 멈추게 하고 또 다른 그만의 지론을 펼친다. '벗고 지나가면 본다, 벗어야 보인다, 글도 마찬가지다. 옷을 벗은 문장으로 쓰라. 그래야 읽는다.' AI가 글을 쓰는 이즘 숙지할 문법이다. 모든 사물 현상의 정서는 문학의 이름으로 투명한 것이 된다. 그렇게 그려낸 『옥수동 불빛』이 내게 와서 '옥수동 등불'이 되었다 하면, 백성은 웃을까. ✦